U0578538

奎文萃珍

人鏡陽秋

第三册

［明］汪廷訥 撰

文物出版社

人鏡陽秋卷十一

明新都無無居士汪廷訥昌朝父編

長樂鄭振鐸西諦藏書

孝部

誠感類

無無居士曰親雖頑嚚惟誠則感顧誠之所感豈直動親所以動天者即此而在故靈草異禽休祥苻譴每與人子一念相關天人之際亦嚴矣哉余又謂親即人子之天苟天親一感其為祥藹藹矣孝者惟當動此之天

孝部

郭巨

郭巨字文舉天性至孝父沒分財與二弟己獨取母供養寄住鄰有凶宅無人居者共推與之居無禍患常掘地得金一釜上券云天賜孝子郭巨巨不敢聞於官官依券題還之遂得供養云

無無居士曰余讀方遜志集見謂郭巨非孝子深詆埋兒為傷親心誠為確論令讀五倫書乃諱其事直謂掘地得金夫不孝以無後

為大則子豈可埋然猶得金者非厚巨也矜其子而生之且卹其母俾得養庶乎祖孫因之以並濟爾若巨者誠忍人直與啜羹同論可也

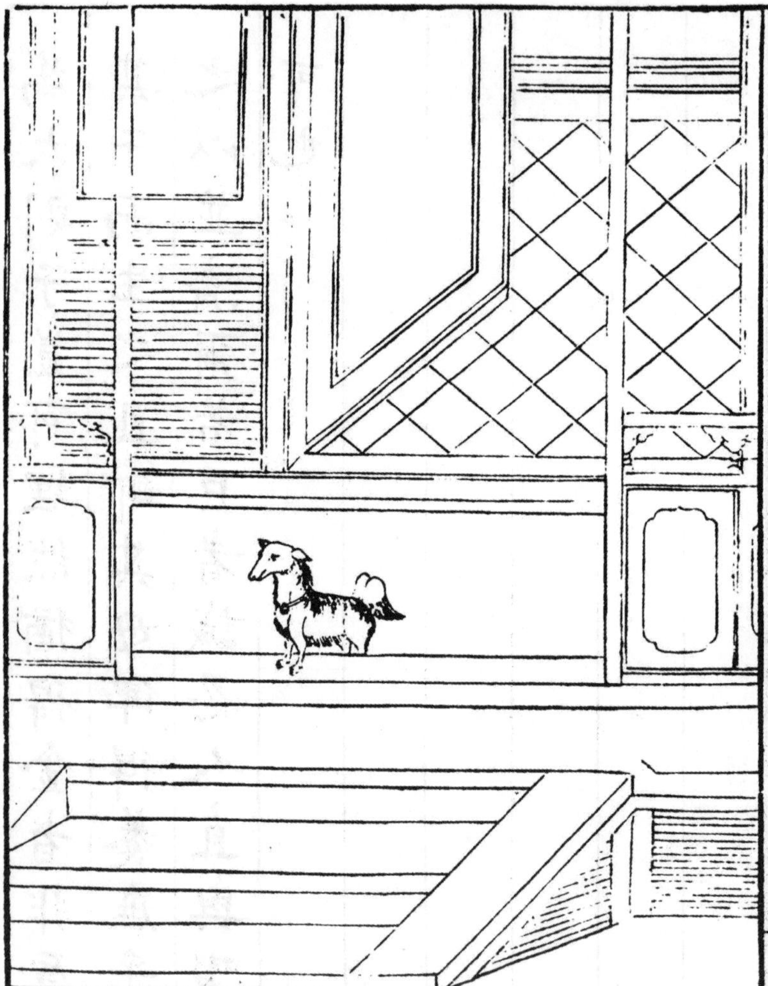

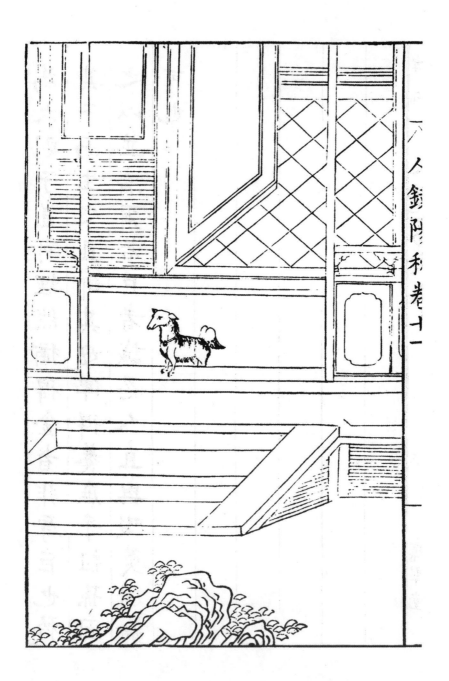

孟宗

三國孟宗字恭武江夏人性至孝母年老病篤冬節將至思筍食時地凍無筍宗入竹林哀泣有頃地上出筍數莖持歸作羹供母食畢病愈人皆以為至孝所感

無無居士曰吳志所載長才高彥髟組拖紳者豈不照曜江表哉惟孟宗與陸績雖婦人小子類能言之詎非孝子之所流者遠耶夫筍本竹生猶子本親出氣類相感理有固然

誰謂竹無心誠則應爾彼以異視者殊非

孝部

人鏡陽秋卷十一

六

環翠堂

杜孝

杜孝巴郡人也少失父事母盡孝充役成都不得朝夕在側以母素喜食生魚乃截竹筩貯水盛魚二頭以草塞之置江中祝曰我母必得此已而其妻偶出渚見竹筩横流觸岸異而取視之乃有二魚含笑曰必我夫所寄也熟而進之於姑聞者歎異

無無居士曰孝固不在奇縱而奇縱亦足以表孝杜氏之魚彼致之而此得之若親授受

者亦孝家之左券也雖身越成都萬里矣其寄輙得寧非母側何有離憂而志樂信奇矣哉

環翠堂

劉殷

晉劉殷字長盛新興人也七歲喪父哀毁過禮服喪三年未嘗見齒曾祖母王氏盛冬思堇而不言食不飽者一旬矣殷恠而問之王言其故殷時年九歲乃於澤中慟哭曰殷罪釁深重幼丁艱罰王母在堂無旬月之養殷為人子而所思無獲皇天后土願垂哀愍聲不絶者半日於是忽若有人云止殷止聲收淚視地便有堇生焉因得斛餘而歸食而不減至時堇生乃盡又

嘗夜夢人謂之曰西籬下有粟窖而掘之得粟十五鍾銘曰七年粟百石以賜孝子劉殷自是食之七載方盡同郡張宣子因以女妻之張氏性亦婉順事王母以孝聞奉殷如君父焉及王氏卒殷夫婦毁瘠幾至滅性時柩在殯而西鄰失火風勢甚盛夫婦叩殯號哭火遂越燒東家後有二白鳩巢其庭樹自是名譽彌顯累官至太保録尚書事

無無居士曰劉長盛以童稚侍祖母祖母侍

堇而後飽時盛冬堇謝號澤而忽焉堇生恍若有指示者天鑒其衷也既而賜粟十五鍾其獲寵靈于天且厚矣然澤中之堇待衆堇春生而乃盡西籬之粟待稚齒既壯而方盡天之嘉惠者抑何殷歟配以張氏復用孝聞風反火滅白鳩巢庭祥自天也使無以二女獻劉聰余于太呆何庇之有

孝部二　人鏡陽秋卷之二　十一　環翠堂

何琦

晉何琦字萬倫司空充之從兄也年十四喪父哀毁過禮性沉敏有識度好古博學居於宣城陽谷縣事母孜孜朝夕色養嘗患甘鮮不贍乃為郡主簿察孝廉除郎中以選補宣城涇縣令司徒王導引為參軍不就及丁母憂居喪泣血杖而後起停柩在殯為鄰火所逼煙焰已交家乏僮使計無從出乃匍匐撫棺號泣俄而風止火息堂屋一間免燒其精誠所感如此服闋乃

慨然歎曰所以出身仕者非謂尺寸之能以效智力實利徵祿私展供養令且㷀然無復恃怙豈可復以朽鈍之質塵黷清朝哉於是志衡門不交人事耽習典籍以琴書自娛不營産業桓溫嘗登琦縣界山喟然歎曰此山南有人焉何公直止足者也

無無居士曰萬倫色養徵祿若飴王司徒以叅軍引之斥鷄之見也邁軸夷猶琴書清暇天高海濱方得擬斯風調矣撫棺火息抑何

足恠桓司馬登山而嘆之異乎司徒之見也

斯稱知人哉

一毛馬七十一

十三

眾星堂

孝部

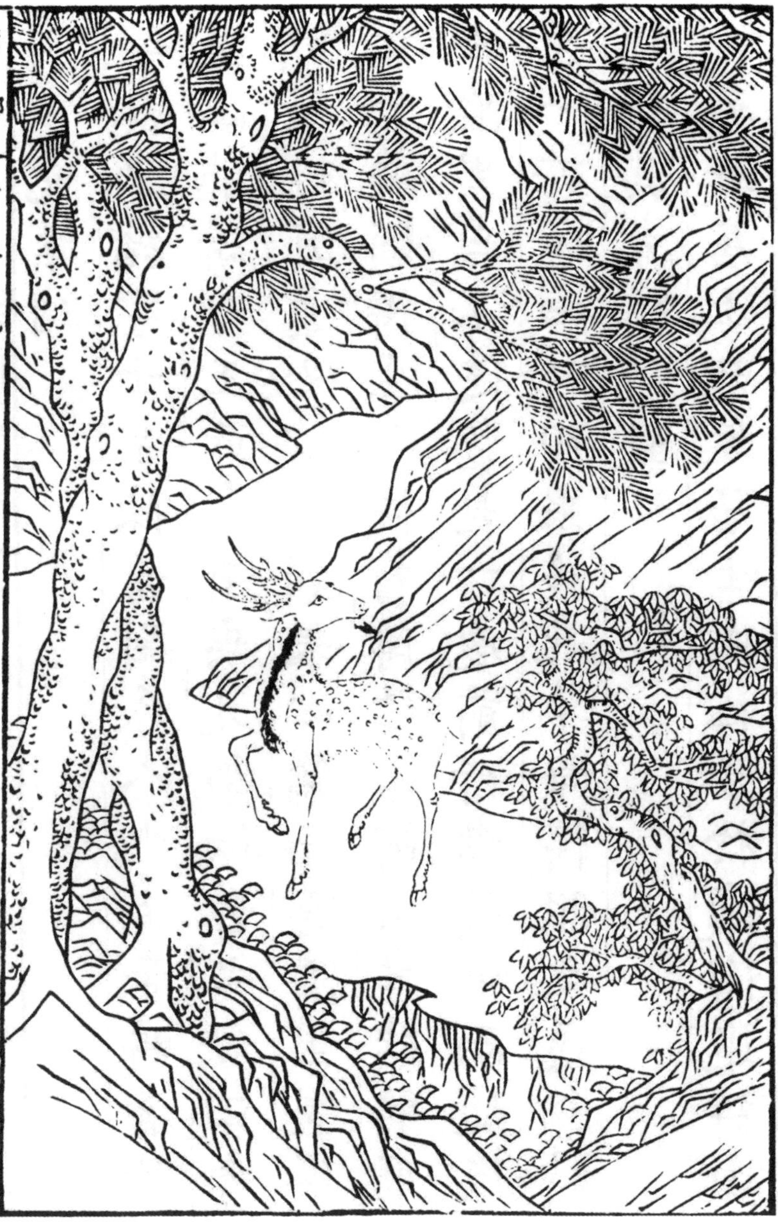

十四

聚星堂

阮孝緒

梁阮孝緒字士宗陳畱尉氏人也武帝時嘗於鍾山聽講母王氏忽有疾兄弟欲召之母曰孝緒至性冥通必當自到果心驚而返隣里嗟異之合藥須得生人葠舊傳鍾山所出孝緒躬歷幽險累日不逢忽見一鹿前行孝緒感而隨後至一所遂滅就視果獲此草母得服之遂愈時皆言其孝感所致

無無居士曰阮居士迹松子於瀛海追許由

於窮谷蓋飡霞流也然至性寘通心驚母疾其母何料之審哉乃藥之所需鍾山所產豈無寘通竟得一鹿為人覆指南母病服之尋愈不知梁武之所講者白牛車歟羊車歟抑鹿車歟不然又何寘通乃爾

人鏡陽秋卷三

十六

環翠堂

庾子輿

六朝庾子輿字孝卿南陽新野人少有至性父域卒官巴西子輿奉喪歸至巴東滛預石瞿塘大灘秋水猶壯子輿撫心長叫其夜五更水忽減退安流南下及度水壯如舊時人為之語曰滛預如幞本不通瞿塘水退為庾公

無無居士曰余讀古樂府云灩預大如馬瞿塘不可下即尋常亦畏之而況奉柩以過乎孝矣子輿撫心長叫蓋恐汩沒驚親即不虞

已不足恤其如親之體何誠之所感獲濟安
流宜時人之語與灩澦之歌同不朽也

匡昕

匡昕字令先廬陵人隱居金華山不與俗交事母至孝嘗因事出外母在家忽遘病死已經日昕聞訃奔還號叫母即蘇人以為孝感所致

無無居士曰匡令先不與俗交其所事事必非俗矣因事在外而母死其如永訣之情何還而號叫母復蘇者至情冥契精神孚洽乃如是爾余觀男女以情感復生者如崔護胡粉兒之類尚然而況孝篤於情者乎是宜好

異者收之以作勸也

孝部

二十一

環翠堂

熊袞

唐熊袞建陽人性喜讀書事親至孝授御史大夫奉公守正必依禮法家無私積居父喪不能葬晝夜號泣忽然空中落錢數萬袞得錢畢其喪事所剩者告入於官庫後人稱曰忠孝雨錢御史大夫

無無居士曰紀雨錢誠恠誕于熊袞見之殆不可曉然為御史而父喪不能葬其居官可知是則可紀也故為申之

覺陽火卷十二

二十二

竟易火卷十一

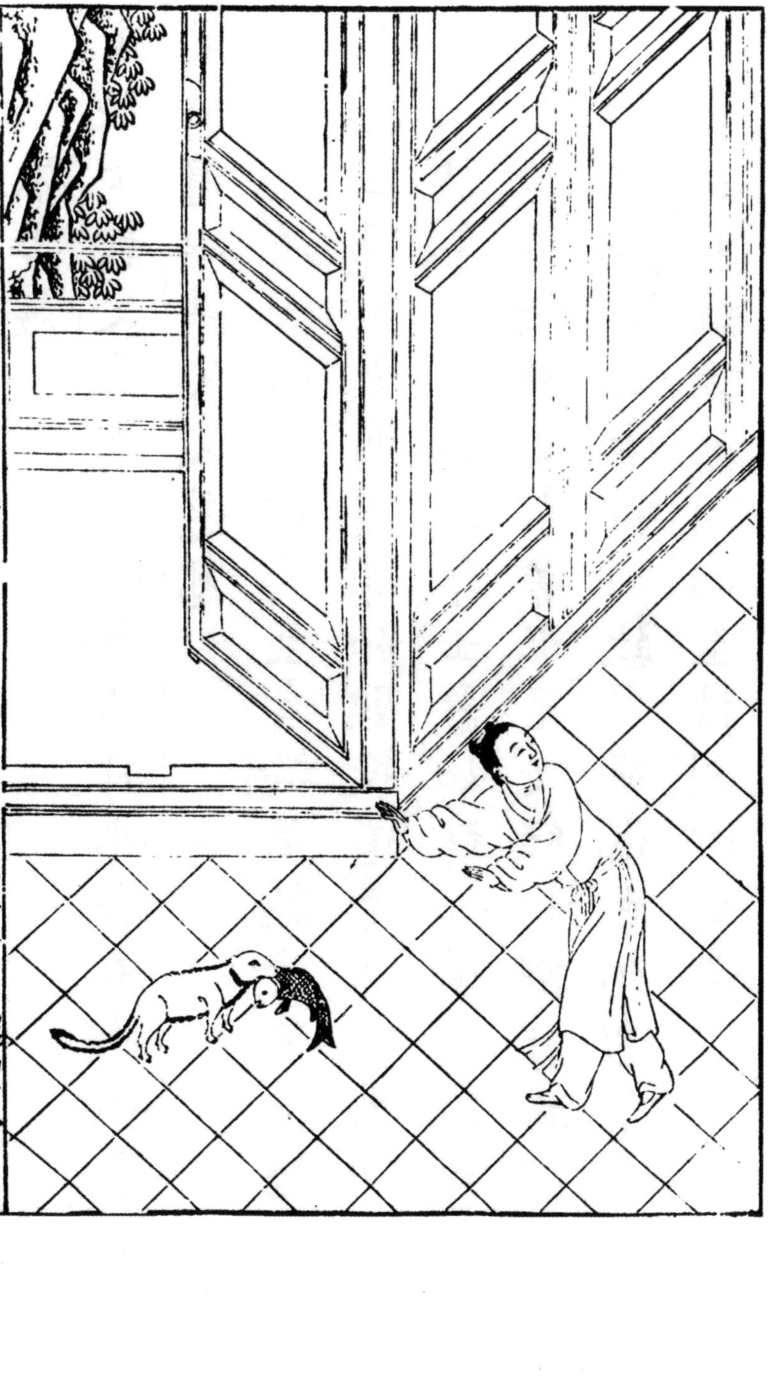

張士嚴

唐張士嚴父病藥須鯉魚冬月氷合有獺銜魚至前得以供父父遂愈

無無居士曰有因而至者輪菌離竒不為怪無因而至者則隋珠和璧挟道旁莫不按劍而駭矣父須鯉調藥士嚴如祥如道則得魚也奚異今得之未嘗求至之緣於獺非孝心如祥如道也者誰則致之茲獺也殆孝子之盧扁耶誰謂無因而至按劍以駭哉

黃芮

唐黃芮字思仁歙州人蚤歲喪母事親以孝聞建中初繼母洪氏遘疾芮焚香祝天刲股饋羹以進母疾尋愈貞元中父卒廬墓號泣晝夜弗輟終身不舍去墓側地產靈芝十四本木生連理者四郡刺史盧公上其事詔旌表門閭芮太和五年卒

無無居士曰孝以終身慕為大為其思親之純不緣外遇遷也故生則盡養死則盡思孝

如是止矣黄屯園思仁氏當母疾而刲股以
救死值父卒而廬墓以没世庶幾終身慕父
母者歟故天鑒其誠地獻其瑞草木無情尚
為所感而矧有心知之人乎旌命之彰匪溢
美矣

人竟易火巻二十一

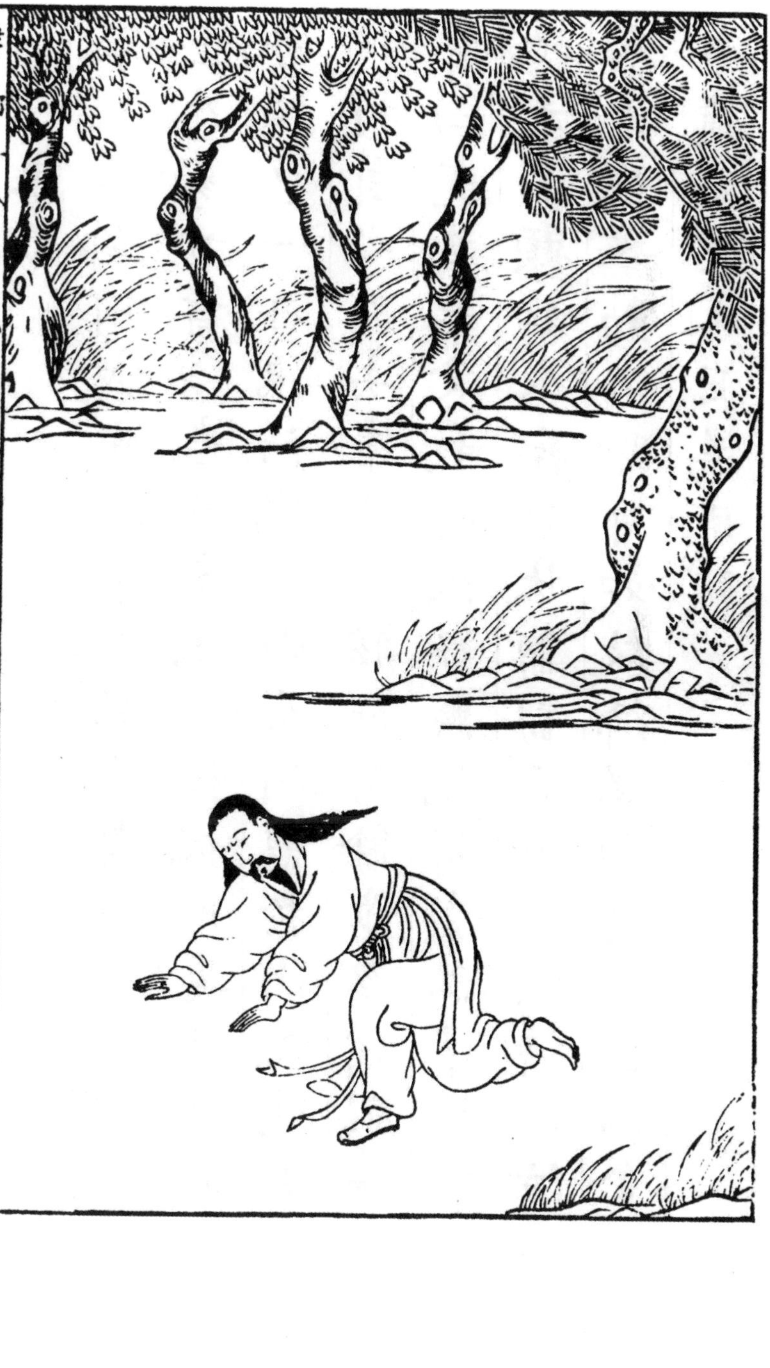

朱泰

宋朱泰湖州武康人家貧鬻薪養母常適數十里外易甘旨以奉母泰服食粗糲戒妻子常候母顏色一日鷄初鳴入山及明憩於山足遇虎搏攫負之而去泰已瞑眩行百餘步忽稍醒厲聲曰虎為暴食我所恨母無託爾虎忽棄泰於地走不顧如人疾驅狀匍匐而歸母扶持以泣泰亦強舉動不踰月如故鄉里聞其孝感率金帛遺之里人目為虎殘

無無居士曰楊香搏虎為父也明三斫虎為母也其孝也力能致之朱泰脫于虎口其為孝也非孝之所能致殆有陰相之者歟不則何虎如人疾驅去也噫嘻虎猶若是世之摧殘善類者是虎之不若耶

孝部

鏡陽秋卷十一

二十八

環翠堂

查道

宋查道字湛然徽州休寧人父元方為滑州掌書記道性至孝在滑州母疾綿惙道調藥劑經旬不寐母思鱖魚求莫能得道詣黃河禱而釣焉因得鱖尺許携歸為羹母食而疾愈後聞者爭往釣之終無所獲親喪口絕甘美雖深冬積雪嘗布素徒徒扶而後起終制就舉歷官至工部員外郎充度支副使雖俸入豐厚皆分給宗族孤寡為畢婚嫁與人交情分切至麇棄者待

之愈厚多所周卹以是居常匱乏不以屑意

無無居士曰捧心者以顰而妍效顰者以顰而醜查道之釣非釣鱖也供母思也後来之釣直釣鱖爾故釣一也而得失不侔者要其所以釣者妍醜自殊也必有不獲者而後獲者斯異矣至推俸餘以恤貧又非錫類之孝耶惡得以釣名視之

原穀

宋原穀者不知何許人祖年老父母厭患之意欲棄去穀年十五涕泣苦諫父母不從乃作輿舁棄之穀乃徐收輿歸父謂之曰爾焉用此凶具曰穀乃後父老不能更作得是以收之耳父感悟愧懼乃載祖歸侍養尅己自責更成純孝穀為純孫

無無居士曰諫有五父與君一也而諷行焉則所以轉移父心者甚于直也穀之于父即

父之于祖雖為三世實為一體父不能安祖之老而厭棄之則異日之父即令日之祖父老與祖同而厭於轂者寧不與父同耶為父望於轂也者安為祖望於父也者不安矣轂妝舁輿其父安乎乃知而翁之心一也其感悟也有由哉

呂良子

宋呂良子呂仲洙之女泉州晉江人父得疾瀕殆良子焚香祝天請以身代時夜中群鵲遶屋飛噪仰視空中大星如月者三越翼曰父瘳女弟細良亦相從拜禱良子郤之細良恚曰豈姊能之兒不能耶守真德秀嘉之表其居曰懿孝

無無居士曰仁義何常蹈之則君子況孝道出於天性哉呂良子請身代父星朗鵲飛竟獲痊愈細良因而興感俱致禱誠真西山從

而表之母亦寘契清醮之詞深動躬代之念
歟可以觀氣類矣

人鏡陽秋卷十一

陶明元

元白雲漫士陶明元氏諱煜弱冠時用道家法事所謂玄武神甚謹明元母病心痛痛則拍張跳躅齧牀簀衾褥號呌以紓苦楚歲瀕死者六七歲醫莫能愈明元每掐心嚼舌以代母痛一日危甚計無所出走禱玄武前曰刲股割肝非先王禮在法當禁元非不知也今事急矣敢犯死取一臠為湯劑神爾有靈疾庶幾其瘳禱畢即引刀欲下忽有二童自外跳入叱曰母自損

我天醫也明元大駭伏地乞哀童子取案上筆書數字於几面擲筆二童子忽仆地隨呼家人救之噀以水良久蘇乃鄰氏兒也叩之無所知焉視其書藥方也隨讀隨隱明元私喜曰此必玄武神也吾母其瘳矣即如方治之藥甫及口而痛已失終母身不再舉

無無居士曰語云將亡聽於神殆不然哉陶明元氏可証矣夫神聰明正直而壹者也每憑人以效其靈三世用兵道家所忌况於自

兵乎則托天醫以救療者孝道通於神明也所謂爐煙之燼未消而囊藥之功已應者其斯之謂歟

一覽乃易矢也二一

環翠堂

孝部

三十七

環翠堂

趙孝婦

元趙孝婦德安應城人早寡事姑孝家貧傭織於人得美食必持歸奉姑自啖麄糲不厭嘗念姑老一旦有不諱無由得棺乃以次子鬻富家得錢百緡買杉木治之棺成置於家南鄰失火時南風烈甚火勢及孝婦家孝婦急扶姑出避而棺重不可移乃撫膺大哭曰吾為姑賣兒得棺無能為我捄之者苦奠大焉言畢風轉而北孝婦家得不焚人以為孝感所致

無無居士曰趙孝婦早寡其大節已卓矣且身傭於人以備養子鬻於人以治棺將謂力竭焉姑之餘年可無虞矣柰何南鄰失火幸姑出而棺不得與俱孝婦之心其滋慼乎生既鬻而死無需豈痛子耶痛棺之不再得而姑無以殯也天乃反風是子不徒鬻而寘寘中有鑒之者矣孝哉

環翠堂

沈紀

國朝海虞田夫沈紀以傭工自給嘗墮一盂飯於厠中急援之已溷穢矣夜夢角巾一叟示曰巽午天誅汝不可逭矣既覺至巽午黑雲四合雷聲隱隱紀知之疾趨野中裸體披髮跪而默然或曰疾風迅雷天之怒也何故乃爾紀語以是故曰天欲誅我但我母七十餘矣使居家雷聲聞于我母母其生乎今跪此伺誅願我母多延年也言未訖風雷頓息晴日朗然

無無居士曰沈紀田夫也所識者田畯閒事爾其於田天闡繹之道惡足識之初夢雷誅直妄爾既而雷聲隱隱以為符夢也趨野以俟恐驚其母妄即真矣夫夢妄境也且以為真野俟真境也敢視為妄既而晴日朗然夢而覺也誰謂天道無知哉

卷十一終

人鏡陽秋卷十二

明新都無無居士汪廷訥昌朝父編

節部

狷介類

無無居士曰太史公謂卞隨務光此何以稱焉豈非過沉淵餓壑不中行哉然砥礪名節之夫視如腐鼠嚇鵷鸞即碧山焚魚而不以爲矯者其素所植立然也假令狷介可無則鳳凰何必竹實麒麟得羈而係矣不然哉

北人無擇

舜讓天下於其友北人無擇北人無擇曰異哉后之為人也居於畎畝之中而遊入於堯之門不若是而已又欲以其辱行漫我我羞之而自投於蒼領之淵

無無居士曰異哉北人無擇使其入堯之門未必能臻風動之化自蒼領之淵既投而萬古慕高節者想其紹帝之治化也夫唐虞之治尚矣北人無擇且羞之豈不以標枝野鹿

自適其天惡用此拘拘者爲耶竊意高士寓言爾寓言更渺也是併蒼領亦無之恍然孰與儔哉

節部 人鏡陽秋卷十二 四 環翠堂

卞随務光

湯将伐桀因卞随而謀卞随辭曰非吾事也湯曰孰可卞随曰吾不知也湯又因務光而謀務光曰非吾事也湯曰孰可務光曰吾不知也湯曰伊尹何如務光曰彊力忍詬吾不知其他也湯遂與伊尹謀夏伐桀克之以讓卞随卞随辭曰后之伐桀也謀乎我必以我為賊也勝桀而讓我必以我為貪也吾生乎亂世而無道之人再来詬我吾不忍數聞也乃自投於潁水而死

湯又讓於務光曰智者謀之武者遂之仁者居之古之道也吾子胡不位之請相吾子務光曰廢上非義也殺民非仁也人犯其難我享其利非廉也吾聞之非其義不受其利無道之世不踐其土況于尊我乎吾不忍久見也乃負石而沈於募水

無無居士曰成湯以伐桀為事而下隨務光非之二人到今並香汗青然尹之華即隨之頫光之募也華野釀格天之業一介之廉仁

義存焉初非以為賊為貪二人不忍聞且見之其不義湯尹可知矣噫技頼者非貪賊負石者為貞廉孤介之流爭置力也

一覺揚州夢二

六一

環翠堂

伯夷叔齊

商伯夷叔齊遜國而逃比武王伐紂夷齊扣馬而諫曰父死不葬爰及干戈可謂孝乎以臣弑君可謂忠乎左右欲兵之太公曰此義人也扶而去之武王已平殷亂天下宗周而伯夷叔齊耻之義不食周粟隱于首陽山采薇而食之及餓且死作歌其辭曰登彼西山兮采其薇矣以暴易暴兮不知其非矣神農虞夏忽焉沒兮我安適歸矣于嗟徂兮命之衰矣遂餓死於首陽

山

無無居士曰夫子許夷齊為無怨司馬遷叙之渾身是怨今觀其辭怨耶非耶太公以義士許之孰謂蹈義者有怨心哉始伯夷與太公歸周終則一出而亡殷一隱而死殷跡若雖殊然志之所立各有所就是太公以齊國為首陽夷齊以首陽為虞夏其於義均協哉

介之推

晉文公反國賞狐偃趙衰顛頡魏武子司空季子之從亡者介之推不言祿祿亦弗及推曰獻公之子九人惟君在矣主晉祀者非君而誰天實置之而二三子以為己力不亦誣乎竊人之財猶謂之盜況敢貪天之功以為己力乎下義其罪上賞其姦上下相蒙難與處矣其母曰盍亦求之以死誰懟對曰尤而效之罪又甚焉且出怨言不食其食其母曰亦使知之若何對曰

身將隱矣焉用文之母曰能如是乎與汝偕隱
乃隱于綿山焉
無無居士曰余讀龍蛇歌喟然為之推歎息
夫趙狐之徒以晉文反國為已力甚至挼壁
自固而之推目為貪天功中其竅矣矯矯明
達君子也善乎楊鐵崖氏演厥詞曰吁嗟乎
四蛇從龍作甘雨一蛇焦枯無恨在下土庶
幾介山君子之旨

節部

十一

環翠堂

爰旌目

東方有人焉曰爰旌目將有適也而餓於道狐父之盜曰丘見而下壺餐以餔之爰旌目三餔而後能視曰子何為者也曰我狐父之人丘也爰旌目曰譆汝非盜耶胡為而食我吾義不食子之食也兩手據地而嘔之不出喀喀然遂伏而死

無無居士曰昔人有云渴不飲盜泉水熱不息惡木蔭誠疾之也狐父盜也壺餐亦盜耶

曾子云其謝也可食則爰旌目誠過矣雖然陳仲子盜跖兄鵞而哇之況壺飧之出于真盜又非鶂鶂比乎若而人者蟬翼千金即飡風吸露不足喻其操也

譙玄

漢譙玄字君黄巴郡閬中人也仕至中散大夫為繡衣使者持節觀覽風俗所至專行誅賞事未及終而王莽居攝玄於是縱使者車變易姓名間竄歸家因以隱遁後公孫述僭號於蜀連聘不詣述乃遣使者備禮徵之若玄不肯起便賜以毒藥太守乃自齎璽書至玄廬曰君高節已著朝廷垂意誠不宜復辭自招凶禍玄仰天嘆曰唐堯大聖許由恥仕周武至德伯夷守餓

彼獨何人我亦何人保志全高死亦奚恨遂受毒藥玄子英泣血叩頭於太守曰方今國家東有嚴敵兵師四出國用軍資或不常充足願奉家錢千萬以贖父死太守為請述聽許之玄遂隱藏田野

無無居士曰士人處亂世須鴻冥鳳翥跡稍不深未有不罹繒繳者彼奸雄每陽獵下士名走玄黃而隆邁軸徵有不行則故態便露賜藥封緘無所不恣矣譙玄能逊莽賊而不

免於蜀厲豈斂翅衡陽而鳳德其衰耶然獨行之士狥偏至而失周全非圓通之道也

向長

漢向長字子平河内朝歌人也隱居不仕性尚中和好通老易貧無資食好事者更饋焉受之取足而反其餘王莽大司空王邑辟之連年乃至欲薦之於莽固辭乃止潛隱於家讀易至損益卦喟然嘆曰吾已知富不如貧貴不如賤但未知死何如生爾建武中男女娶嫁既畢勅斷家事勿相關當如我死也於是遂肆意與同好北海禽慶俱遊五嶽名山竟不知所終

無無居士曰性清介者每厭塵網即人饋遺亦節腹而受向子平審損益之理金穴玉階固不若丹山綠水則息我以死者厭金玉之苦生也其知之一爾然佛氏無生老氏不死豈不一哉並棲神於五岳之表不以塵俗相關而子平志之宜脫屣富貴謂睹青雲趨白日為不遠也

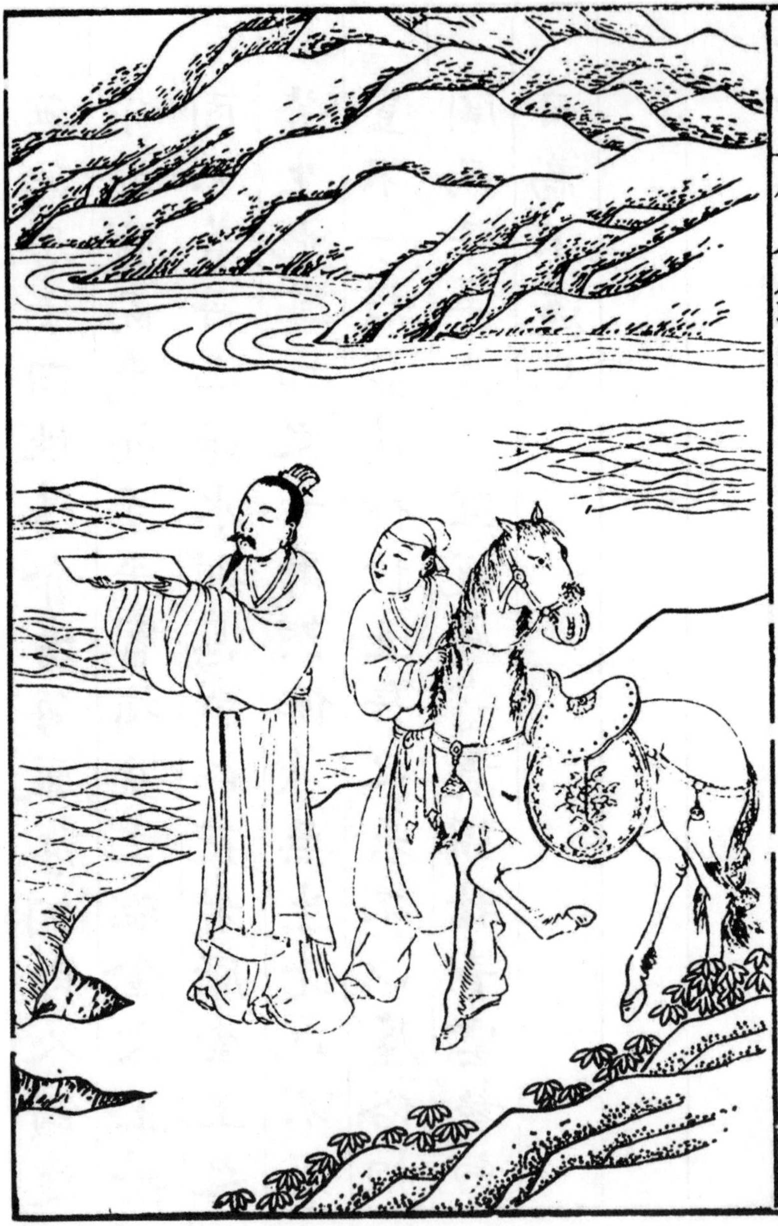

節部

十八

環翠堂

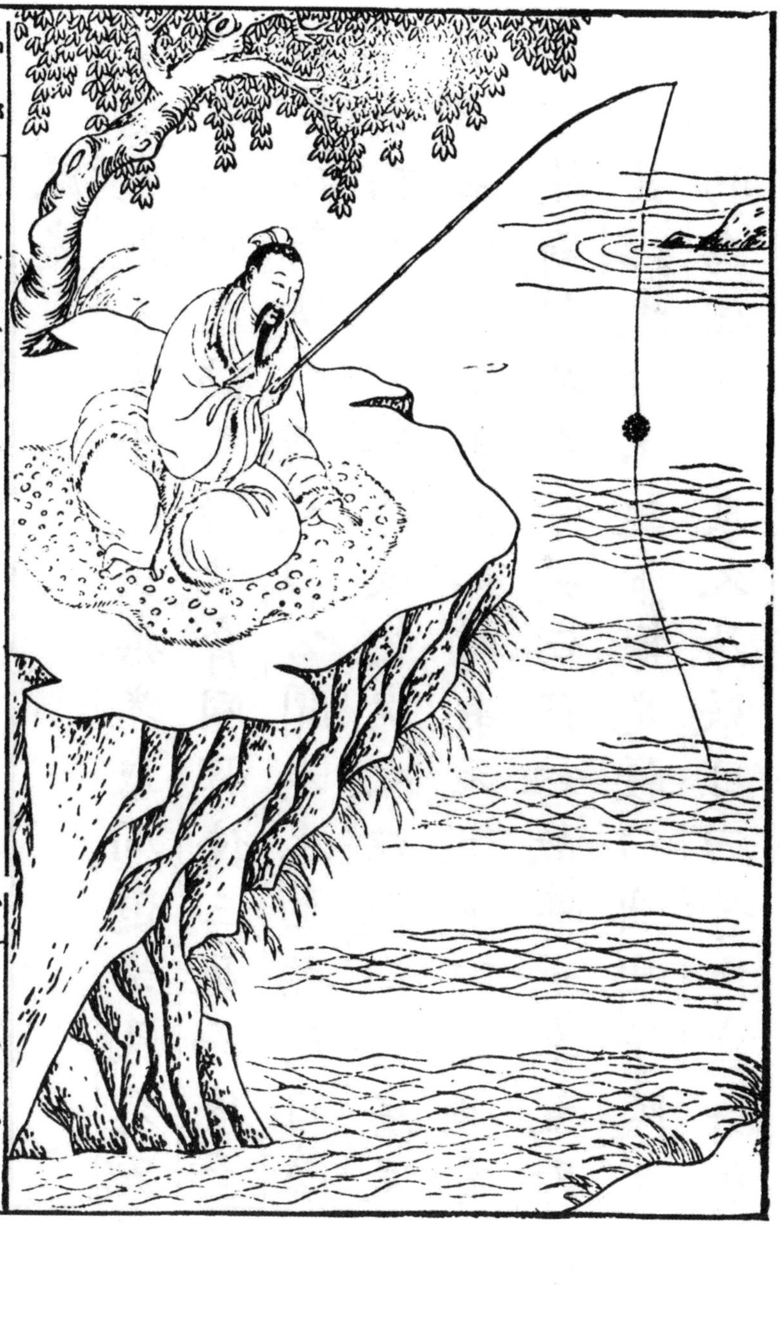

嚴光

漢隱逸嚴光字子陵少與光武同遊學及光武即位以物色訪之得於齊國聘使三反而後至司徒侯霸使人謂光曰公聞先生至願因日暮自屈語言光不荅乃投札與之口授曰君房足下位至鼎足甚善懷仁輔義天下悅阿諛順旨要領絕霸封奏之帝笑曰狂奴故態也車駕即日幸其館光卧不起帝撫光腹曰咄咄子陵不可相助為理邪光良久乃張目曰昔唐堯著德

巢父洗耳士固有志何至相迫乎帝曰子陵我竟不能下汝耶于是升輿嘆息而去復引光入論道故舊因共偃卧光以足加帝腹上除諫議大夫不屈乃耕於富春山後人名其釣處為嚴陵瀨焉

無無居士曰前賢謂桐江一絲繫漢九鼎余每求其故久方得之夫以名節勵天下斯天下以名節應西京文靡矣東都安得復以虛文求故優賢賜隱所以砥礪頑鈍而登之忠

貞者桐江故態之力也余嘗至嚴瀨登釣臺
依徊久之而訝雲臺不若此云

覺陽州卷十上

環翠堂

金陵秦卷十二

王霸

漢王霸字儒仲太原廣武人少立高節其妻亦美志行初儒仲與令狐子伯為友後子伯為楚相其子為郡功曹子伯遣子奉書儒仲車服鮮麗僕從都雅儒仲子方耕於野聞賓至投耒而歸見令狐子沮怍不能仰視儒仲目之有愧容客去久卧不起妻問其故儒仲曰吾與子伯素不相若向見其子容服甚光舉措有適而我兒曹蓬頭歷齒未知禮則見客而有慙色父子情

深不覺自失耳妻曰君少修清節不顧榮禄今子伯之貴孰與君之高柰何忘宿志而慙兒女子乎儒仲崛起笑曰有是哉遂共終身隱遯

無無居士曰儒仲以節高子伯則鮮麗都雅豈如蓬頭歷齒之樸哉兩相形而有慙色是慕浮名而喪天真慙子路之緼袍矣不有妻言則北山之移猿驚鶴怨在所不免噫嘻松蘿擺月巖桂迎風惟真隱足以當之若而子者曾素隱之不如此儒仲所以卧不起也

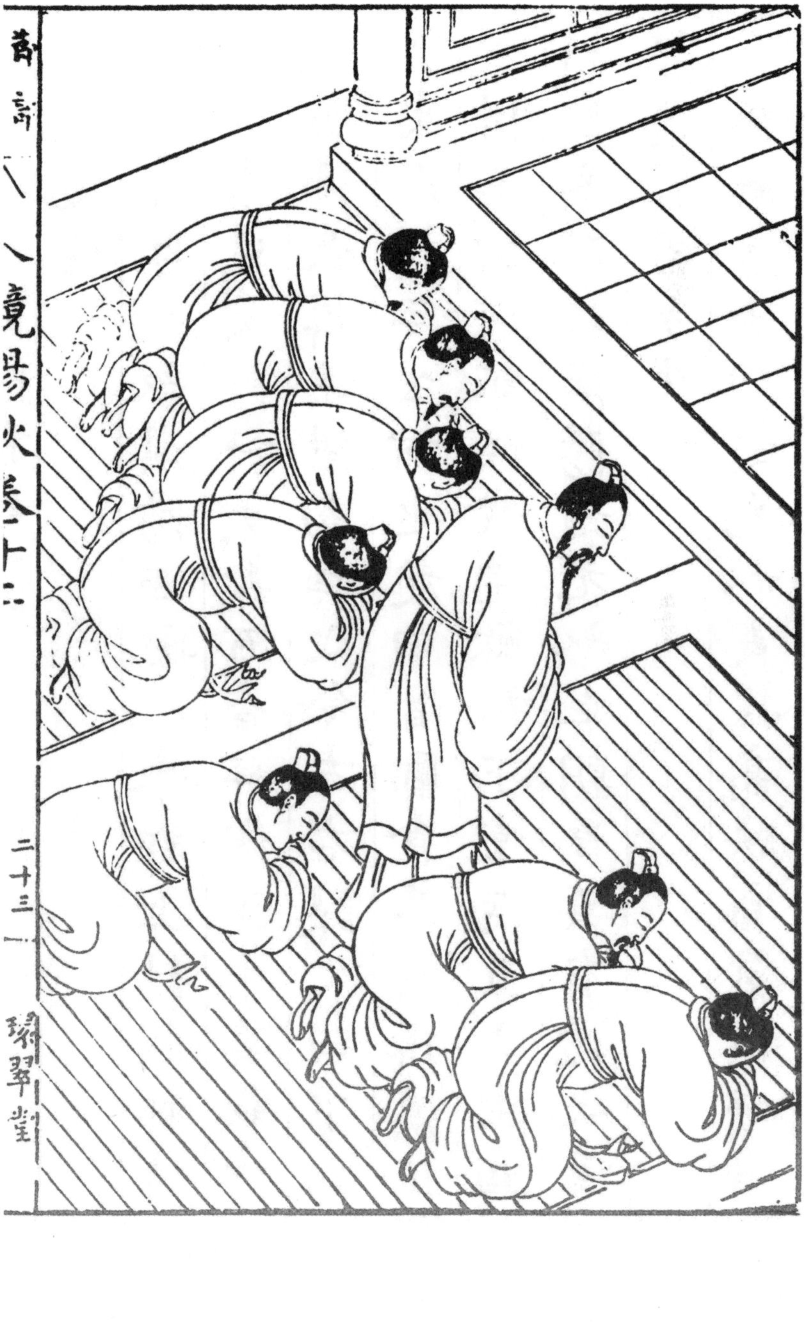

趙壹

漢趙壹字元叔漢陽西縣人舉郡上計到都時司徒袁逢受計計吏數百皆拜伏庭中莫敢仰視趙獨長揖逢望而異之令左右讓之曰下郡計吏而揖三公何也趙曰昔酈食其長揖漢王今揖三公何詎怪哉逢斂衽下堂延置上坐顧謂坐客曰此漢陽趙元叔也朝臣莫有過之吾請為諸君分坐

無無居士曰趙元叔霞標高映霜氣橫侵惜

乎採擷者希故默抱長往倨傲寡儔爾觀其長揖衰逢而以鄙生自處豈不以富貴者稱賢他如詩書滿腹者誠不如一囊錢也于今誦其疾邪賦猶覺嚴寒之落葉矣諸君惡得不分坐

人鏡陽秋卷十二

節部 覓陽火卷十二 二十五 環翠堂

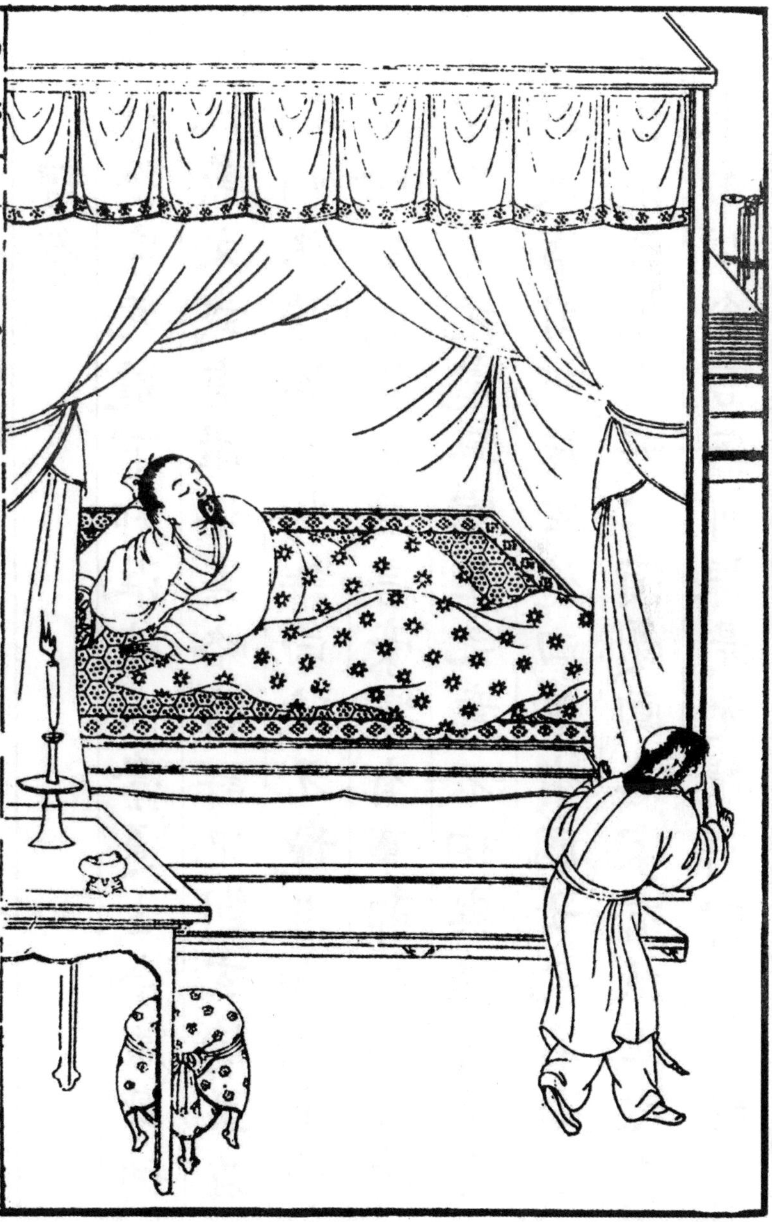

陳登

漢陳登字元龍下邳淮浦人學通古今處身循
禮性兼文武有雄姿異略時許汜劉玄德並在
劉荊州坐共論人物許曰陳元龍淮海之士豪
氣不除玄德問許君言豪寧有事耶許曰昔遭
亂下邳見元龍無客主之意不相與語自上大
牀卧使客卧下牀玄德曰君有國士之名今四
海橫流帝王失所君須憂國忘家有救世之意
乃求田問舍言無可採是元龍所諱也何緣當

與君語如我自卧百尺樓上卧君于地下何但上下床之間哉荊州大笑玄德因言曰若元龍文武膽志當求之於古爾造次難得比也

無無居士曰余歌辛稼軒賞心亭詞笑許汜求田問舍羞見劉郎才氣也嗟夫英雄磊磊犖犖高卧百尺樓中遙觀國運舉目神州談笑斷吳鈎誰會登臨意哉甚矣世多許汜儔也惜乎元龍節俠乃不從劉使君而之操余不審所謂矣

節部

二十七

環翠堂

龐德公

三國龐德公南郡襄陽人也居峴山之南未嘗入城府夫妻相敬如賓荆州刺史劉表數延請不能屈乃就候之曰夫保全一身孰若保全天下乎龐笑曰鴻鵠巢於高林之上暮而得所栖黿鼉穴於深淵之下夕而得所宿夫趣舍行止亦人之巢穴也且各得其栖宿而已天下非所保也因釋耕於壟上而妻子耘於前表指而問曰先生苦居畎畝而不肯官祿後世何以遺子

孫乎龐曰世人皆遺之以危今獨遺之以安雖
所遺不同未為無所遺也表嘆息而去後遂攜
其妻子登鹿門山因采藥不反

無無居士曰龐德公漢上名流襄陽逸老鴻
冥則希蹤水鑑隼舉則推翮鳳鷯故游泳深
淵栖止高林其巢穴可謂安矣劉荆山延請
雖數而峻節彌高殆視世皆危途欲全身以
全妻子者無非遺安之道也較彼登樓舒嘯
名曰依劉曰望中原思故國者正自殊科

孫登

晉孫登字公和汲郡共人也清静無為好讀易彈琴頹然自放觀其風神若遊六合之外魏末居北山中以石窟為宇編草自覆阮步兵見孫被髪端坐巖下逶見鼓琴自下趨進莫得與言阮因長嘯與琴音諧和公和嘯和之妙響動林谷

無無居士曰嵇阮竹林之交劉畢芳樽之友所謂餐和履順保其天真人也尚有恣飲兵

廚絶響東市之累孰如孫公和被髮巖下長嘯山中每一發響如數部鼓吹聲振林木又如鳳凰賡和鏗金扣銶即善嘯如步兵未嘗不爽然自失若而人者挺倪鈇之天逸抱卷州之夸節誰得而羈束之哉

卷十二

張翰

晉張翰字季鷹江東人辟齊王東曹掾在洛見秋風起因思吴中菰菜羹鱸魚膾曰人生貴適意爾何能覊宦數千里以要名爵遂命駕便歸季鷹縱任不拘人號為江東步兵或謂之曰卿乃可縱適一時不為身後名耶答曰使我有身後名不如即時一杯酒

無無居士曰晉識微之士豈但索靖嘆銅駝哉即季鷹江東之想志豈專在鱸膾蓋以神

器濫擁椒房肆姦典午之祚傾可立待秋風颯起故鄉馳懷吴波鱗鱗白鷗群下于時膾修鱸登菰蓴命水仙而共樂之他如長安戰塵銅駝荆棘盡付之酒一杯矣孰謂江東步兵無後世名哉

郭瑀

晉郭瑀字元瑜敦煌人少有拔俗之韻隱諸巖谷張天錫遣使備禮致書云仁生潛光九皐懷真獨遠心與至境冥符志與四時消息豈知蒼生倒懸四海待拯者乎今九服分為狄墋二都盡為戎穴天子僻陋江東名教淪於左衽創毒之甚開闢未聞先生懷濟世之才坐觀不救其於仁智孤竊惑焉故遣使者虛左授綏元瑜指翔鴻示使人曰此鳥安可籠哉

無無居士曰郭元瑜軏悳鴻漸羞鷺儀蘊鸞鶚之標而甘棲翠竹碧梧具鶯燕之姿以深藏喬林畫棟鮭張氏世篤忠貞而勤王敵愾之旗不獲靣其漱石枕流之節矣觀其旨曰鳥安可籠則霄漢翱翔豈短翮搶榆枋者比哉賢人乎賢人乎固難得而招致也

索襲

晉索襲字偉祖敦煌人虛靖好學不應州郡之命太守陰澹嘗造焉經日忘返退而嘆曰世人之所有餘者富貴也而目好五色耳玩音聲先生棄衆人之所收收衆人之所棄味無味於慌惚之際兼重玄於衆妙之內宅不彌畝而志忘九州形居塵俗而棲心天外雖黔婁之高遠莊生之不顧蔑以過也遂謚為玄居先生

無無居士曰隱士之節有甘窮者有耽玄者

甘寗乃枯槁之夫無益于世若耽玄之士正無為化成一毫不動而天地全收者也曹參舍蓋公而畫一之治不擾有明效矣陰太守已知偉祖杰何徒付之歎美哉

人鏡陽秋卷十二

劉之驎

晉劉之驎字子驥南陽人虛退寡欲志在棲遁桓車騎請為長史劉固辭車騎因到其家劉於樹條桑使者致命劉曰使君既枉駕光臨宜先詣家君車騎乃造其父父命劉然後還拂短褐與車騎言話父使之驎于內自持濁酒蔬菜供賓車騎敕人代之驎斟酒父辭曰若使從者便非野人之意車騎慨然稱美至暮乃還

無無居士曰劉子驥即欲探武陵源者也夫

子驥棲遁南陽即是武陵絕境條桑樹上何
殊夾岸崇桃袒裼周身與男女衣著同風疏
菜供賓共鷄酒作食齊軌桓車騎詣之洒然
一漁父也何子驥更覓桃源深處耶噫採芝
種桃木客毛女皆避秦之流世莫不褰裳欲
從之為別一天地非人間哉

節部

人鏡陽秋卷十二

三十九

環翠堂

陶潛

陶元亮在晉名淵明在宋名潛潯陽人為彭澤令八十餘日郡守遣督郵至縣吏白應束帶見之潛乃嘆曰我不能五斗米折腰拳拳以事鄉里小兒耶遂解印綬去縣歸田園因賦歸去来辭以自況其辭有曰有酒盈樽引壺觴以自酌眄廷柯以怡顔悅親戚之情話樂琴書以消憂之句嘗九日無酒宅邊東籬下菊叢中摘盈把坐俄望見一白衣人至乃是王弘送酒得便酣

飲

無無居士曰彭澤高風萬古慕之其節與子陵並著元人有小令云五柳庄月朗風清七里灘浪穩潮平折腰時心已愧伸脚處夢先驚聽千萬古聖賢評余因附此以貽好事者歌之

宗炳

南宋宗炳字少文南陽涅陽人好山水愛遠遊西陟荆巫南登衡岳因結宇衡山欲懷尚平之志有疾還江陵歎曰老疾俱至名山恐難偏觀唯當澄懷觀道臥以遊之凡所遊履皆圖之於室謂人曰撫琴動操欲令衆山皆響高祖辟之為主簿不起問其故少文答曰棲丘飲谷三十餘年高祖善其對

無無居士曰夫遊名山者身之所到神亦棲

之故危峰聳翠絕壑流丹白雲將奇巒變幻清風送飛瀑悠揚未嘗不洒然於其間也少文已老此志尚殷乃圖之而臥遊焉臥遊者神遊也貯千崖于尺素之中亂萬壑于筆峰之表一曲瑤琴群山響應志斯遐哉不起之對乃托茲而植其節者也

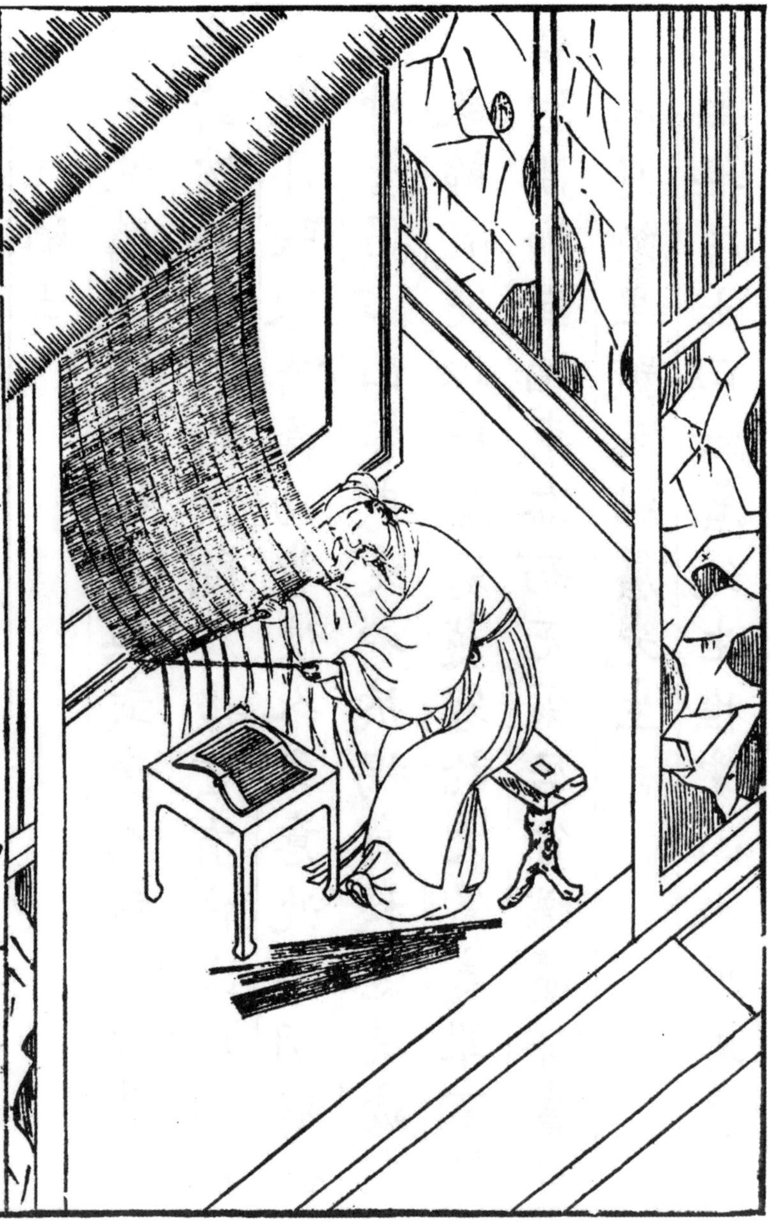

沈驎士

南宋沈驎士字雲禎吳興武康人張征北爲吳興請沈驎士入郡沈聞郡後堂有佳山水乃往停數月張欲請爲功曹使人致意沈曰明府德履冲素留心山谷民是以被褐負杖忘其疲病必欲飾混沌以蛾眉冠越客於文冕走雖不敏請附高節有蹈東海而死爾居貧織簾誦書口手不息鄉里號爲織簾先生

無無居士曰織簾先生雅愛山水附節魯連

對巖桂則曰樂事賞心陳珪璋如大槐宮裏
着貂蟬最先寤矣故辭功曹欲蹈東海而烟
霞泉石之心愈堅縱強蛾眉文晃之恐死混
沌而拘越客非其素也永安得不優容之

人鏡陽秋　卷十二

四十五

環翠堂

褚伯玉

南齊褚伯玉字元璩吴郡錢塘人少有隱操王僧達禮致褚元璩停郡信宿裁交數言而退丘珍孫與王書曰聞褚先生出居貴館此子滅景雲棲不事王侯抗高木食有年載矣自非折節好賢何以致之昔文舉棲冶城安道入闔門於兹而三焉夫却粒之士凔霞之人乃可暫致不宜久羈君當思遂其高步成其羽化望還策之日蹔紆清塵亦願助為譬說王荅曰褚先生從

白雲遊舊矣古之逸民或留鬳兒女或使華陰成市而此子索然唯朋松石介於孤峰絕嶺者積數十年近故要其來此冀慰曰久比談討芝桂借訪薜蘿若已窺烟液臨滄洲矣知君欲見之輙當申譬

無無居士曰古之高人不惟巖居穴處抑亦却粒飡霞此固無廟廊之志者宜也若公卿建大策慱訪蒼生日不暇給乃留精於斯其時事可知善乎陶華陽之對云縱令白日昇

天何益于事以出處之途殊也褚先生之節尚矣朝士何與焉此齊梁之末路也

節部

四十、

聚星堂

馬樞

陳馬樞字要理侯景之亂邵陵王援臺城留書二萬卷付馬要理馬肆志尋覽殆將周偏乃喟然嘆曰吾聞貴爵位者以巢由為桎梏愛山林者以伊呂為管庫束名實則蒭芥柱下之言玩清虛則糠粃席上之說稽之篤論亦各從其好也然支父有讓王之介嚴子有傲帝之規千載美談所不廢也比求志之士望途而息豈天之不惠高尚何山林之無聞甚乎乃隱居茅山有

終馬之志

無無居士曰馬要理之嘆嘆邵陵耳夫侯景之亂君親蒙塵此臣子血戰之秋飲恨之日也乃從容入援留書付校即字勘虎觀豈救臺城之敗此要理歎山林之無聞欲長入而不返也嗚呼武帝談空空於前元帝覈玄玄於後國祚之亡並繇之又何邵陵之咎

節部

人鏡陽秋卷十

五十

環翠堂

張志和

唐張志和字子同號玄真子居江湖自稱烟波釣徒顧浮家泛宅故舟無所不至嘗作漁歌子云西塞山前白鷺飛桃花流水鱖魚肥青箬笠緑蓑衣斜風細雨不須歸其一青草湖中月正圓巴陵漁父棹歌連釣車子橛頭船樂在風波不用仙其二松江蟹舍主人歡菰飯蓴羹亦共飡楓葉落荻花乾醉宿漁舟不覺寒其三霅溪灣裏釣漁翁舴艋為家西復東江上雪浦邊風笑着荷

花不嘆窮

其四

釣臺漁父葛為裘兩兩三三舴艋舟能縱棹慣乘流長江白浪不須憂

其五

肅宗賜奴婢二人玄真配為夫婦名奴曰漁童婢曰樵青或問何義玄真曰漁童者使捧釣收綸蘆中鼓枻樵青者使蘇蘭薪桂竹里煎茶

無無居士曰余嘗讀玄真子碧虛紅霞問荅而識其為悟真洞玄人也烟波釣徒者乃其托跡處爾顧浮家泛宅跡亦無常其能往能來者必有無往無來者主其間也再觀太虛

為室明月為伴與四海諸公未嘗少别何有
往來是自立公案哉

节部 人镜阳秋卷十[illegible]

五十三

环翠堂

朱桃椎

唐朱桃椎益州成都人澹泊無為隱居不仕披裘帶索沉浮人間竇軌為益州聞而召之遺以衣服逼為鄉正桃椎不言而退逃入深山夏則裸形冬則樹皮自覆凡所贈遺一無所受每織芒屩置之於路人見者皆言朱居士屩也為鬻取米置之本處桃椎至夕取之終不見人高士廉下車深加禮敬召至降階與語桃椎不荅直視而去士廉每加優異蜀人以為美談

無無居士曰朱桃椎贈遺不受可謂節士至織屩置路買者聽取是謂苦節之嗟過矣過矣夫天下高於一屩公卿之禄豈直升米以彼視之若將浼已充其不見之心雖九重褒詔惇訪治道亦稊来之而去矣孰謂輓近世之箕潁之風哉

陸龜蒙

唐陸龜蒙字魯望自號江湖散人其文云散人者散誕之人也心散意散形散神散既無羈限為時之怪民束於禮樂者外之曰此散人也散人不知恥乃從而稱之或笑曰彼病子之散而目之子反以為號何也散人曰天地之大也在太虛中一物耳勞乎覆載勞乎運行差之晷度寒暑錯亂望斯須之散其可得耶水土之散稽有用乎水之散為雨為露為霜為雪水之局為

瀦為茹為潦為汙土之散封之可崇穴之可深
生之可藝死之可入土之局墳不可以為埏甓
不可以為盂得非散能通于變化局不能耶退
若不散守名之筌進若不散執時之權筌可守
耶時可執耶遂為散歌散詠以志其散
無無居士曰江湖散人者世所稱甫里先生
也清風峻節表表於淞江太湖之上視彼肆
志乎軒冕者非世所謂好男子婦女留鬚眉
耶偭五鼎若腥腐鱔泉石顧終古是以散木

而全其天者也惟全斯忘木耶人耶散耶先
生耶俱忘之矣

李約

唐李約汧公勉之子唐宗室也雅度玄機蕭蕭冲遠德行既優又有山林之志琴道酒德皆高絶一時不近粉黛性喜接引人物不好俗談晨起褁頭對客蹙融便過一月多蓄古器在湖州嘗得古鐵一片擊之清越又養一猿名山公嘗以之随逐月夜泛江登金山擊鐵鼓琴猿必嘯和傾壺連旦不俟外賓

無無居士曰李約誠翩翩佳公子哉夫以汧

公之胄泒出天潢賤紈袴而榮荷衣物外之趣一時莫儔觀其歷覽江南每誇鍾山之境故將囬李錡之謀可謂侃侃正論矣至金山月夜江波浮金一聲猿嘯鐵韻悠揚濁酒留連瑶琴三弄恍然不復知有人世也至今令人想其冲遠之懷

節部　人鏡陽秋卷十二　六十　環翠堂

林逋

宋林逋字君復隱居杭州孤山常蓄兩鶴縱之則飛入雲霄盤旋久之復入籠中逋常泛小艇西湖諸寺有客至逋所居則一童子應門延客坐為開籠縱鶴良久逋必棹小船而歸蓋常以鶴飛為客至之驗真宗聞其名賜號和靖處士

無無居士曰林和靖之節如鶴如梅其高風雅操直與孤山不朽余嘗抵其處所謂放鶴亭翼然臨湖濱遊人士女群集欲吊先生遺

跡惟見烟波渺茫湖光遠溼亭中爾已其霜
禽粉蝶與夫飛鶴盤旋者俱銷歇於烟波間
令人慨慕無已嗚呼跡雖陳而名愈遠因留
連者久之

漁父

宋松江一漁父每棹小舟往来長橋扣舷飲酒酣歌自得紹聖中閩人潘裕自京師調官過吴因就與語且曰先生澡身浴德今聖明在上盍出而仕漁父笑曰君子之道或出或處吾雖不能棲隱巖穴追園綺之縱竊慕老氏曲全之義且養志者忘形養形者忘利致道者忘心心形俱忘其視軒冕如糞土耳與子出處異趣無與吾事

無無居士曰屈原漁父不凝滯而淈泥餔糟孫緬漁父聊忘憂而非惠非夷今者松江漁父外忘形也固非察察與汶汶殆不凝滯者乎内忘心也直同籊籊與溦溦所謂聊以忘憂者非歟潘裕雖勸之仕然鷦鷯翔於寥寞豈蒲且之所得視哉

節部

六十四

環翠堂

朱希真

宋朱希真字敦儒東都人陸放翁云朱希真居嘉禾嘗與朋儕詣之聞笛聲自煙波間起問行者曰此先生吹笛聲也頃之棹小舟而至則與俱歸其家室中懸琴筑阮咸之類皆希真平日所留意者簷間育珍禽皆目所未睹室中籃缶貯果實脯醢客至挑取以奉客其詩曰青羅包髻白行纏不是凡人不是仙家在洛陽城裏住卧吹銅笛過伊川可想其風致也

無無居士曰朱敦儒乃東都名士以放翁天才逸調而尚亟稱若是則其風致可知古稱善笛者莫如桓子野即據胡床三弄尚賓主不通一言先生則不爾笛聲船載散滿煙波缶貯果核客來共啗有晉人之放而謝其簡謂之名士奚曰不宜今也昭華人去無消息矣令人驀然仰止

褚伯琇

元褚伯琇號雪巘杭州人尤平章常微服江浙探諜南士後除行省平章素慕褚雪巘高節雪巘時寓跡黃冠住天慶觀尤單騎從一童至天慶方丈語觀主王管轄曰我欲一見褚高士觀主言其人孤僻士宰相何故欲見之尤意愈堅時雪巘方閉戶讀書觀主扣門雪巘曰主首不遊廊管轄何為至此觀主以實告雪巘曰我自来不識時貴人何忽有此時平章已拜於地意

雪巘延坐其室雪巘即鎖戶偕行廊廡間乞執禮愈恭至前堂雪巘語乞曰三年前有一閬州王高士嘗留此某非其人也長揖竟出乞顧瞻良久而去

無無居士曰褚雪巘秉澤雉之姿擁寒猿之操寓跡黃冠寄身天慶可謂養真尚無為者其視世俗如巫山火芝艾不相離也肯褰裳而就之乞平章禮賢招隱信為忘勢忝遊情竹素者每得意于丘中何

節部　人鏡陽秋卷之二　六十八　環翠堂

呂徽之

元呂徽之家仙居萬山中安貧樂道常逃其名以耕漁自給一日詣富家易穀種大雪立門下聞閣中有吟哦聲乃一人分韻得滕字苦吟弗就先生不覺失笑衆詰其故先生因舉滕王蛺蝶事衆請足之先生援筆立就既敏且工問其姓字終不肯言衆驚訝曰嘗聞呂處士名欲一見而不得先生豈其人耶曰我農家安知呂處士與之穀怒曰我豈可以貨取耶竟刺船去遺

人遙尾其後路甚僻遠識其所而迈雪晴往訪馬惟草屋一間家徒四壁值先生不在忽米桶中有人乃先生妻也因天寒無衣故坐其中試問徽之先生何在答曰在溪上捕魚始知真為先生矣至彼果見之告以特来候謝之意隔溪謂曰諸公先到舍下我得魚當換酒飲諸公也少頃攜魚與酒至盡歡而散再躡其踪則先生移居矣

無無居士曰隱士與世不諧忽一請俗如神

仙下界咳吐皆丹砂也徽之易穀種至豪家其續韻云天上九龍施法水人間二鼠嚙枯藤一時紈袴俱賞之可謂文字飲矣逮尋山求逸谷幽且遐網魚沽酒趣亦遠哉柰茲會不常何

卷十二終

人鏡陽秋卷十三

明新都無無居士汪廷訥昌朝父編

長樂鄭振鐸西諦藏書

節部

剛操類

無無居士曰天地有剛毅之氣一毫不少屈者此騎箕尾之人匪碌碌可得儔也彼為色蕩為利回為勢撓者此其節不足稱昔賢詩云砥礪當如百鍊鋼又云誰意百鍊鋼化為繞指柔合觀識節操矣故嘆剛未見難之也

柳下惠

柳下惠行遠而歸遇夜宿郭門外頃間有女子来同宿時天大寒恐女子凍死乃坐女子於懷以衣覆之至曉不為亂

無無居士曰楊朱有言展季非忘情矜貞之鄙以放寡宗譏貞之誤善也夫不恭孟軻氏亦嘗惜之然却不流此見和者之節坐女于懷和之極矣至曉不亂非節能然乎其寡宗也正忘情之融處是介也乃不恭也

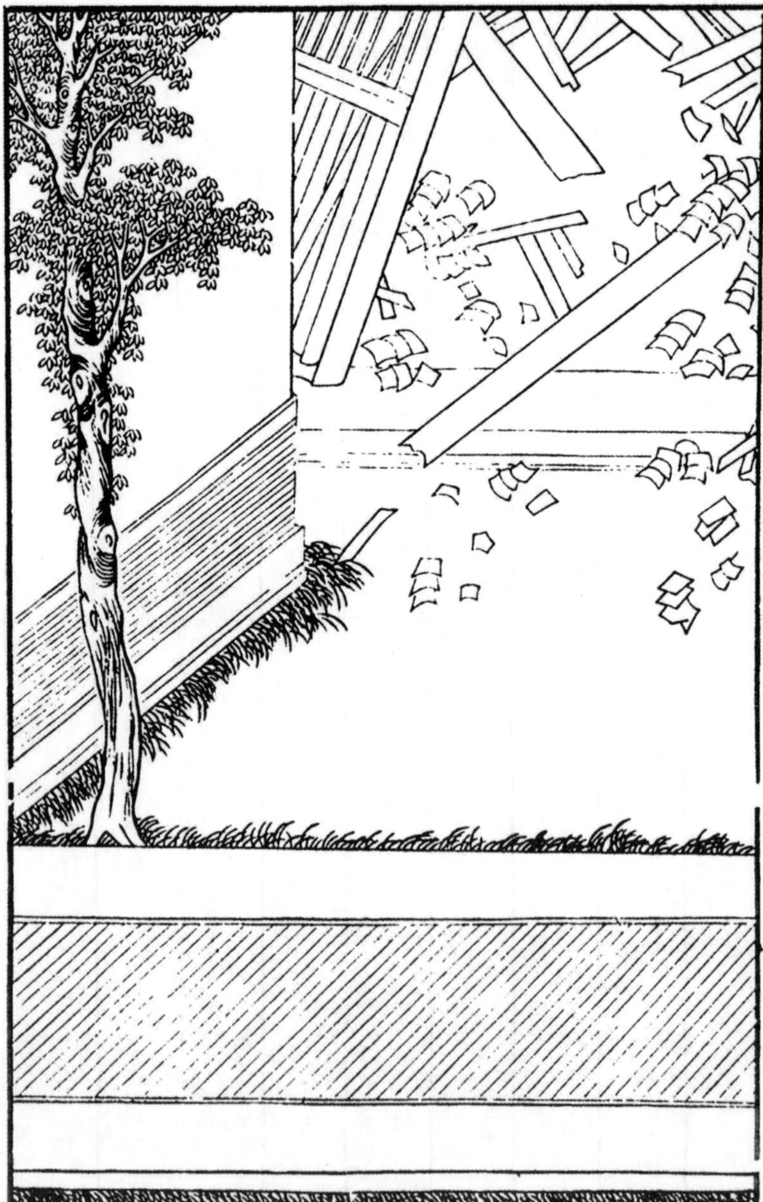

環翠堂

魯男子

魯男子獨處一室隣之嫠婦亦獨處一室夜暴風雨室壞趨而托焉魯人閉戶不納隣婦自牖與之言曰子何不仁而不納我乎男子曰今子幼吾亦幼是為不納也婦人曰子何不若柳下惠然嫗不建門之女國人不稱其亂男子曰柳下惠則可吾固不可吾將以吾之不可學柳下惠之可孔子曰善學柳下惠者未之有也

無無居士曰以迹狥者雖逼真而去之愈遠

以心印者雖途殊而轍自合魯男子可不可之間吾夫子以善學許之非以心耶後来胡寛管新豐不失尺寸得可之用也蕭何治未央極其壯麗得不可之用也均當漢高之心吾取之為魯男子譬

趙岐

漢趙岐字邠卿京兆人初名嘉字臺卿仕州郡以廉直疾惡見憚臥重疾七年自慮奄忽乃遺令敕兄子曰大丈夫生世遯無箕山之操仕無伊呂之勳天下不我與復何言哉可立一員石於吾墓前刻之曰漢有逸人姓趙名嘉有志無命時也柰何其後疾瘳梁冀辟之為皮氏長時有宦官唐衡橫虐天下岐恥之即日棄官西歸唐衡兄玹為京兆尹進不由德岐從兄襲又數

為貶議玹恨之收岐家屬宗親陷以重法盡殺之岐逃難四方自匿姓名賣餅北海市中時安丘孫嵩年二十餘遊市見岐察非常人停車呼與共載岐懼失色嵩乃下帷令騎屏行人密問岐曰視子非賣餅者又相問而色動不有重怨即亡命乎我北海孫賓石闔門百口勢能相濟岐素聞嵩名遂以實告載與俱歸藏於複壁中數年及諸唐死遇赦乃出後拜議郎

無無居士曰中貴人之勢口啣天憲觸之動

輙赤族趙岐逃難賣餅海濵何異宜城酒保哉然得罪宫中勢猶可逭至于寺人鮮有能免者岐恥事内豎甘箕山之節至遇賔石藏身辟中尼乜之歌所由作也諸唐雖敗然曹騰之説行而魏武因之鼎祚遂移也哀哉

竟陽火艾二十

八

環翠堂

鄗部

九

翠堂

皇甫規

漢皇甫規字威明安定朝那人官度遼將軍解官歸鄉時有以貨得鴈門太守者書刺投謁度遼卧不時起既入見問鄉前在郡食鴈美乎有頃白王節信在門度遼驚據而起衣不及帶屣履出迎援手入坐極歡而别時人為之語曰徒見二千石不如一逢掖

無無居士曰特達之見常重節以明汙故漢世銅臭之譏且不能免於子況他人乎皇甫

威明功靖羌塞其識度甚遠而孝子鷹鸇天下士也勸懲之術尤嚴不然何鴈門太守亦云貴倨揆刺而時卧不起乃至著論潛夫之士一閭在門屣履出迎之不暇也

節部

十一

環翠堂

范滂

漢范滂字孟愽汝南細陽人少厲清節舉孝廉為清詔使登車攬轡有澄清天下之志及至州境守令自知贓汚望風解印綬去其所舉奏莫不厭塞衆望後以黨事繫獄詔遣中常侍王甫以次辯詰孟愽越次對曰臣聞仲尼之言見善如不及見惡如探湯欲使善善同其清惡惡同其汚謂王政之所願聞不悟更以為黨甫問鄉更相枝舉迭為脣齒有不合者動見排斥其意

云何孟愽慷慨仰天曰古之循善自求多福今之循善身陷大戮身死之日顧埋滂于首陽山側上不負皇天下不愧夷齊甫慤然為之改容

無無居士曰范蔚宗嘆孟愽謂道之將廢也歟命也夫李膺蘊義生風致天下士波蕩而從黨獄起矣中常侍排陷善類王甫親鞠孟愽辯其非黨且謂死不愧夷齊善類為之生氣噫蒼生信命窮而澄清之志成蹉跎矣至子伏其死母歎其義壯哉悲夫

鄭玄

漢鄭玄字康成北海高密人在袁冀州坐時汝南應劭亦歸於袁因起自贊曰故泰山太守應仲遠北面稱弟子何如鄭笑曰仲尼之門考以四科回賜之徒不稱官閥應有慚色

無無居士曰昔人云康成道重不許太守稱官夫稱官何損于道然道非忘勢即北面竟於胸中着一太守何仲遠于是失言矣然康成之南道從而南至婢子矢口詩書其回賜

之徒可知則泰山雖高曾彼婦之口何康成

之道彌高也已

十五
環翠堂

戴就

漢戴就字景成會稽上虞人也仕郡倉曹椽楊州刺史歐陽參奏太守成公浮贓罪遣部從事薛安案倉庫簿領收就於錢塘縣獄幽囚考掠五毒參至就慷慨直辭色不變容又燒鋘斧使就挾於肘腋就語獄卒可熱燒斧勿令冷每上彭考因止飯食不肯下肉焦毀墮地者掇而食之主者窮竭酷慘無復餘方乃卧就覆船下以馬通薰之一夜二日皆謂已死發船視之就方

張眼大罵曰何不益火而使滅絶又復燒地以大鍼刺指爪中使以把土爪悉墮落主者以狀白安安呼見就謂曰太守罪穢狼藉受命考實君何故以骨肉拒扞邪就據地答言太守剖符大臣當以死報國卿雖銜命固宜申斷寃毒柰何誣枉忠良強相掠理令臣謗其君子證其父薛安庸騃悞行無義就考死之日苦白之于天與群鬼殺汝於亭中如蒙生全當手刃相裂安深奇其壯節即解械更與美談表其言辭解釋

郡事徵浮還京師免歸鄉里太守劉寵舉孝
廉光禄主事病卒
無無居士曰操行卓絶者即其心小諒而自
意嚴冬霜戴景成之狥節郡守備受慘毒慷
慨陳詞其風執有足懐者嗟乎身與名孰親
而拒扞若斯非深見臣子之節者安能出萬
死以申枉耶賢者固多如此殆愈困折而愈
激者乎則諒者乎

節部
十八
環翠堂

傅燮

漢傅燮字南容北地靈州人靈帝時為護軍司馬與中郎將皇甫嵩共討黄巾賊張角有功因奏事忤宦官趙忠譖毀不得封時趙忠為車騎將軍帝使論討黄巾之功執金吾甄舉謂曰傅南容前在東軍有功不侯天下失望今將軍親當重任宜進賢理屈以副衆心忠遣弟趙延致慇勤于傅燮曰南容少答於我常侍萬戶侯不足得也燮正色拒之曰遇不遇命也有功不論

時也傳爕豈求私賞哉

無無居士曰漢黄巾禍孰釀之宦者釀之也夫釀之而不愛徹侯通爵以疏批亢擣虛之士庶伏穴涸淵者消其蝟鋒螬斧之毒也乃又煬火以蔽明欲天下拜爵公朝謝恩私室反使赴鬬者不畏盜而畏姦嗚呼何得寸斬此輩以謝天下斯快矣

關羽

漢關羽字雲長解良人也為劉備守下邳曹操攻之具貂烈二后俱為操所擄欲亂其君臣之義使后與羽共居一室羽避嫌執燭侍后至天明操義之然察其無久留意使張遼以情探之羽嘆曰吾極知曹公待我厚然吾受劉將軍恩誓以共死不可背之要當立効以報曹公乃去耳遼以報操及殺顏良文醜解白馬之圍也乃奔備于袁軍左右欲追之操曰彼各為其主勿

追也

無無居士曰羽之節在死荆州秉燭之節不與也夫避嫌一常人能之况羽之矯矯驍雄乎余觀蜀記見其請宜禄之妻于操也是豈矯矯之為乎甚矣完節之難也然羽于大節著矣

皇甫謐

晉皇甫謐字士安安定人城陽太守梁柳當之官梁是皇甫士安從姑子或勸士安餞之士安曰柳為布衣時過吾吾送迎不出門食不過鹽菜貧者不以酒食為禮令作郡而送之是貴城陽太守而輕梁柳豈中古人之道是非吾心所安

無無居士曰貧者士之常五馬黃堂豈曰晝錦而俗情蒲伏于車塵馬足間者皆為勢屈

不則羨之也士安鹽菜粟柳送迎有節固所以貴之重之初不為薄苟因官爵加隆則昔之所待者誠輕矣今於城陽太守而猶鹽菜之所謂瓦礫其官而金玉其人者非耶

八竟陽火長〔三〕

二十四

眾翠堂

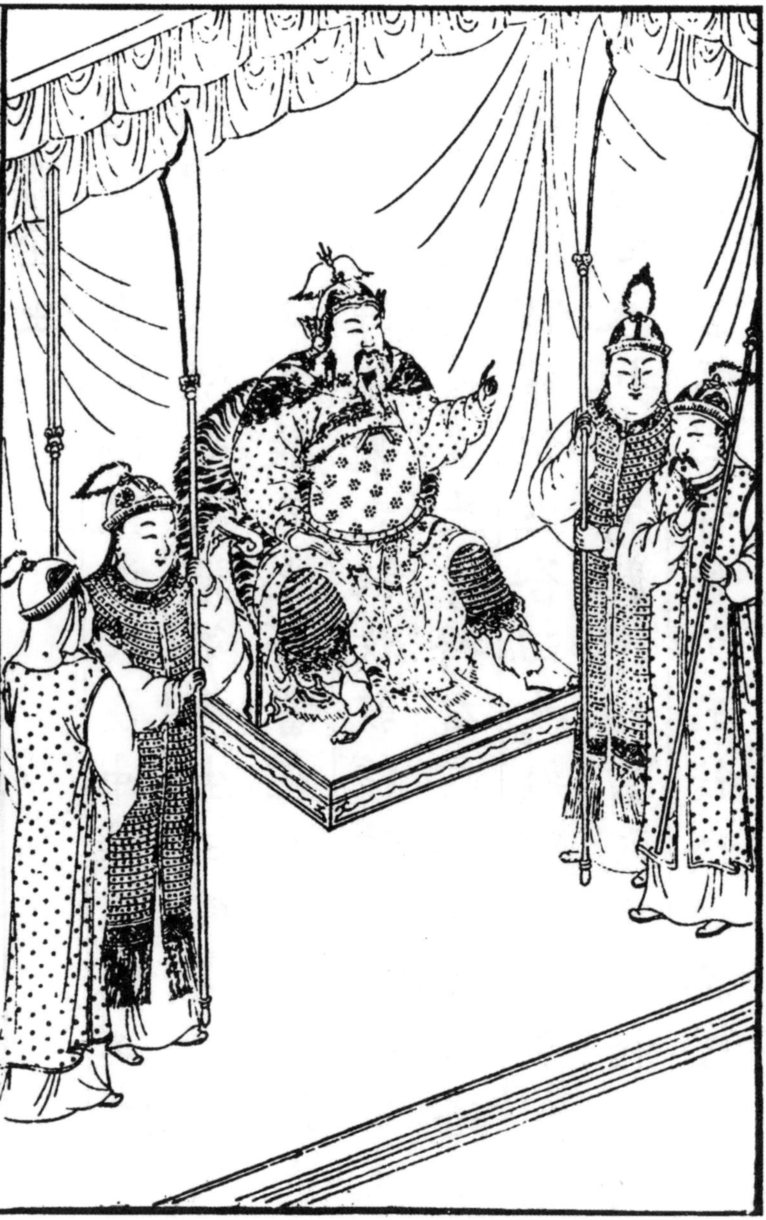

羅企生

晉羅企生字宗伯豫章人殷仲堪之鎮江陵引為功曹企生深憂之謂弟遵生曰殷侯仁而無斷事必無成成敗天也吾當死生以之及桓南郡破荊州仲堪果走桓收殷將佐十許人企生亦在焉桓素待企生厚將有所戮先遣人語云若謝我當釋罪企生答曰為殷荊州吏今荊州奔亡存亡未判我何顏謝桓公既出市桓又遣人問欲何言答曰昔晉文王殺嵇康而嵇紹為

晉忠臣從公乞一第以養老母桓亦如言宥之
桓先會以一羔裘與企生母胡胡時在豫章企
生問至即日焚裘

無無居士曰企生之節可謂忠且孝矣陳宮
頗似之第宮不若殷之心王室也夫殷荆州
乃天子守臣桓攻而代之是履霜之漸不臣
之逆萌矣企生之死殷即死王室也且乞弟
以終養雖得請而母之焚裘流痛實深嗟夫
佳兵不和只足以破家不足以寧國信然

節部　人鏡陽秋卷之十三　二十六　環翠堂

褚淵

南宋褚淵字彥囘明帝時為吏部尚書美容儀山陰公主欲與通請以自侍台之西上閤宿十日公主夜就之備見逼迫淵整身而立從夕至曉不移志以死自誓曰囘雖不敏不敢首為亂階乃得自免主曰公鬚髯如戟何無丈夫情

無無居士曰山陰醜行國史貽穢乃彥囘因之著節噫彥囘之失節一山陰也當太始元徽間帝弟宗王相繼屠勦彥囘挈天子璽以

與人其弟若子方恥失節顧乃儼然舉扇自
障貽譏寒士噫鬚髯如戟情非丈夫山陰早
識其為亂階云

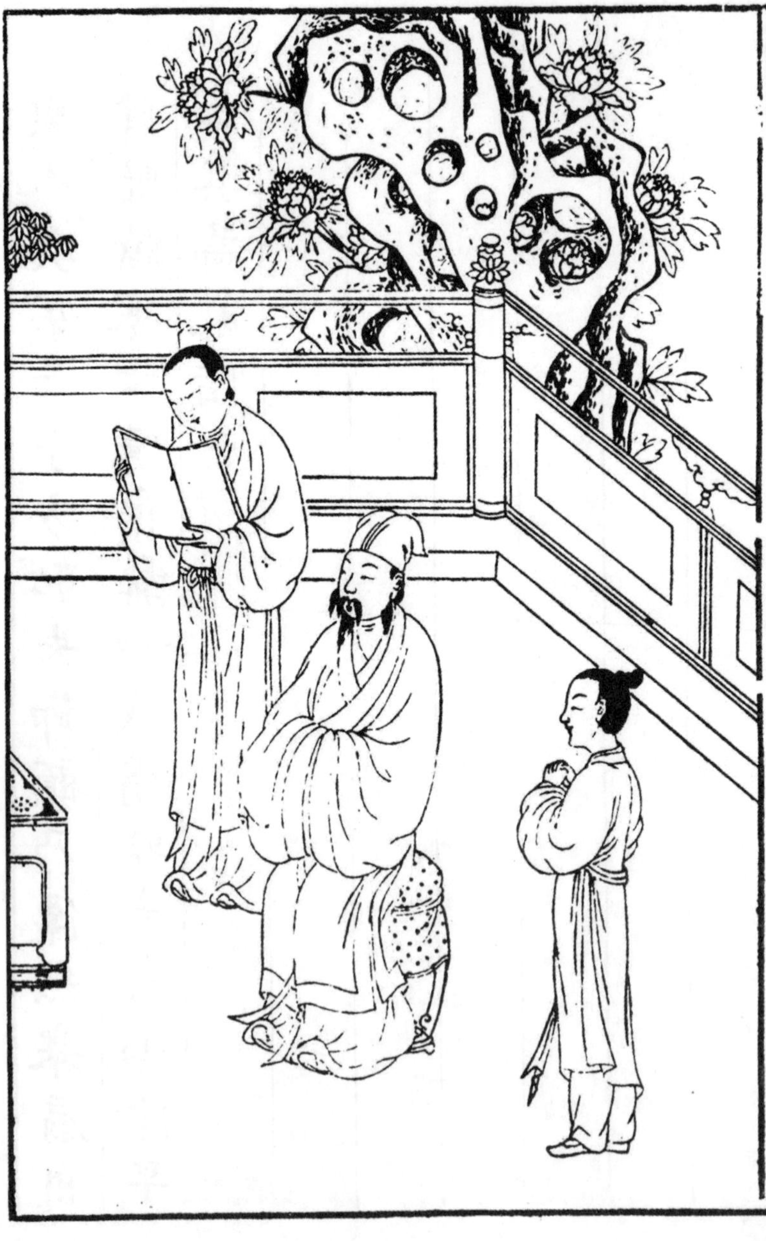

二十八一　翠翠堂

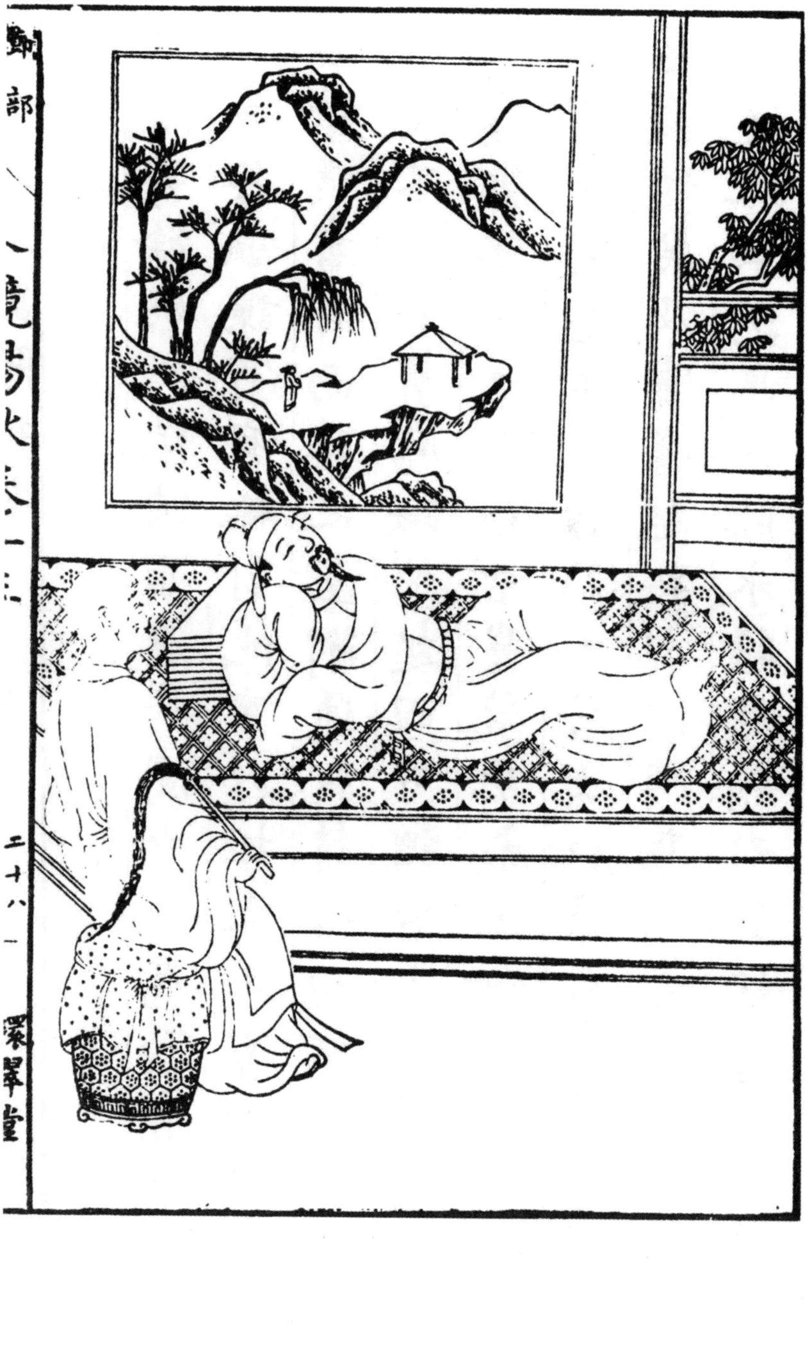

虞寄

陳虞寄餘姚人依陳寶應於閩中寶應潛有異志寄每諷諫寶應輒引他事以拒之又嘗令左右讀漢書卧而聽之至蒯通説韓信曰相君之背貴不可言寶應蹶然起曰可謂智士寄正色曰覆酈驕韓未足稱智豈若班彪王命識所歸乎寄知寶應不可諫乃為居士服常居東山寺不復起矣及寶應起兵有沙門慧摽者作五言詩送之曰送馬猶臨水離旗稍引風好看今夜

月當照紫微宮寄覽之謂所親曰摽公既以此始必以此終後竟坐是誅及寶應敗走謂子扞秦曰早從虞公計不至今日陳文帝敕寄還朝比至謂曰管寧無恙

無無居士曰嗚呼六朝之際封豕潛于下僚雄狐肆于遐域賢人僑寓順逆攸關亦成敗所由繫也虞寄夙貽慧質滅景禪林洞寶應之邪心發遏防之侃論蒯通覆酈淮陰族班彪知命光皇興惜乎如鳥音之過耳而慧摽

五言之咏唱矣雖崑岡火過而玉疊然深林
跡湲自蘭芳管幼安逸若寘鴻再見之也

沈瓚之

南齊沈瓚之吳興武康人為丹徒令性至踈直自以廉潔不事左右浸潤日至遂鎖繫尚方瓚之自言願一見天子上召問復欲何陳荅曰臣坐清所以獲罪上曰清復何以得罪言無以奉承要人上問要人為誰瓚之以手板四面指曰此赤衣諸賢皆是後上知其無罪復除丹徒令吏人候之瓚之戲語曰我今重來當以人肝代米不然清名不立

無無居士曰甚矣毀譽之口能變易黑白為可畏也緣其春風在握指揮則紅紫成章秋霜在口叱咤則風雲變色人主惡能辯之沈瓚之赤亥不行貝錦織就欲一見天子而死且甘心陳坐清以獲罪更指倿以縈私仍舊分符人肝代米肯以東陵為西山乎即膾人肝而食之誰謂狗名狗利一視哉

節部一
三十三
環翠堂

政和公主

唐政和公主肅宗第三女也肅宗宴於宮中時有蕃將阿布思伏法其妻配掖庭善為優因使隸樂工是日為假官之長上及侍宴者笑樂政和公主獨俛首嚬眉不視上問其故公主曰禁中侍女不少何必須得此人使阿布思真逆人其妻亦同刑人不合迫至尊之座果寃耶豈忍使其妻與群優雜處為笑謔之具妾雖至愚深以為不可上亦憫惻為之罷戲

無無居士曰諷諫之術伶官最得之優孟耕田之歌叔敖封後優旃漆城之蔭始皇罷工前史以為美談惜乎唐世未之見也肅宗承五花爨弄之後漁陽鼙鼓驚破霓裳猶不之懲乃至混男女為雜劇耶政和公主可謂音吐凜秋霜矣此風不泯至後唐數十伶官猶足以困莊宗夫禍患嘗積于忽微慎之哉

三十五

環翠堂

劉安世

宋劉安世字器之大名人紹聖初黨禍起器之尤為章惇蔡卞所忌遠謫嶺外盛夏奉老母以行途人皆憐之器之不屈也一日行山中扶其母籃舁憩樹下有大蛇冉冉而至草木皆披靡擔夫驚走器之不動也蛇若相向者久之乃去村民羅拜器之曰官異人也蛇吾山之神見官喜相迎耳官行無恙乎溫公門下士多矣如器之者所守凜然死生禍福不變蓋其平生喜讀

孟子故剛大不枉之氣似之

無無居士曰劉器之勁節一時剛風萬古蔡卞張惇為鬼為魅蒙其毒而挈家嶺南則山蛸水蜮亦喜人過矣故朝中之虺不若山中之蛇而村民羅拜豈獨神蛇哉神公爾所謂精誠動天地而信不踰兩人自古然已

陳師道

宋陳師道字履常號后山徐州彭城人為館職當侍祠郊丘非重裘不能禦寒后山内子與趙挺之之内是姊妹乃為假一裘后山問所從来内以實告后山曰汝豈不知我不着他衣裳即却去之止衣一裘竟感寒疾而死

無無居士曰潘氏以却衣凍死為陳三細事噫生死亦大也惡得細之夫挺之者履常之彌子也孔子尚不假之以愽衛卿矧一裘之

徵安苟假哉進退命也生死命也等之為命又安得重進退而輕死生耶嗚呼仁人嚮帝駿奔何如蒙茸狐裘寧免謗歟臨之在上嚴哉

人鏡陽秋卷十三

秦君昭

元維揚秦君昭妙年遊京師其執友鄧載酒祖餞既而舁一殊色小鬟至前令拜秦因指之曰此吾為部主事某人所買妾也幸君便航可以附達秦弗敢諾鄧作色曰縱君自得之亦不過二千五百緡耳何峻辭乃爾秦勉強從命迤邐至臨清天漸暄夜多蟲蚋可畏内之帳中同寢直抵都下置舍館主婦處持書往見主事問曰足下與家眷来耶曰無有主事意極不悦隨以

小車取歸踰三日謁謝曰足下長者也昨已作答簡附便驛報吾鄧公且使知足下果能不孤公付託之意矣遂相與痛飲盡歡而散

無無居士曰世稱魯男子然以不可而學惠也易以可而學惠也難夫以君聆妙年航小鬟于京又非決旬可達必木石心者方能卓然不淫觀其始不敢諾是以不可學繼而勉強從命詎非以可學哉方知不諾於前者正所以能納帳同寢而自濯于淤泥也賢矣哉

節部

人鏡陽秋卷十三

四十一

環翠堂

薛瑄

國朝薛瑄山西河津人有理學董山東學政人稱夫子王振之專政也問三楊吾鄉人亦有可以爲京堂者乎三楊以瑄對乃召爲大理少卿瑄初至京宿於朝房三楊先過之不值語其僕曰可語若主明日朝罷即詣王大監謝若主之擢皆王大監力也明日退朝不往時振至閣下問何不見薛少卿三楊乃謝曰彼將来見也知李賢素與瑄厚召賢致閣下令轉致吾等意且

言振數問之賢至朝房道三楊意瑄曰原德亦
爲是言乎拜爵公朝謝恩私室吾不爲也久之
振知其意亦不復問一日會議東閣公卿見振
皆拜一人獨值立振知其瑄也先揖之曰多罪
多罪自是啣之指揮某死妾有色振姪王山欲
娶之妻持不可妾因誣告妻毒殺其夫都察院
已誣服大理駁還之如是者三都御史王文大
怒又承振風旨劾瑄得賄故庇死獄詔逮至午
門會問瑄呼文字曰若安能問我若爲御史長

自當迴避文怒奏瑄囚不服問理詔擲于市殺之門人皆奔走瑄神色自若會振有老僕素謹厚不預事是日哭於廚下振問何為僕曰聞今日薛夫子將刑故泣振問何以知之僕曰鄉人也備告其賢振意解傳詔赦之繫錦衣衛獄終不屈

無無居士曰薛文清理學名流正身率物其時金鐺右貂勢逼曹騰智參伊戾阿旨則寵浃崇階忤意則慘鍾奇禍而公獨挺然不屈

幾羅誅戮乃賢賢者出于閹人之僕夫噫嘻
僕夫賢賢非僕夫而可慨已厥後劉瑾鄉人
左遷不已竟至罷歸猶矜可羨英雄一笑者
是真可笑哉

節部

四十四

聚星堂

楊賢

天順間上最所禮信者内閣李賢及佐理衛兼治鎮撫司門達每朝而左顧則命賢右顧則命達賞賚無筭而達内害賢寵譖于上曰是嘗受陸瑜金酧尚書者上疑之不即可半歲而衰彬猶以義故位達上達知上薄之搆以死罪劾奏上不樂曰是負我者然故人不死足矣此外以任若達退則執彬下獄脅以火五毒更下彬不勝苦且誣伏矣而燕中少年楊賢者嘗為漆工

尚方奮曰袁公上魚服倡也門達何人而輙害之因上踈詆達姦惡數十百事事有指而極稱彬枉且有社稷功不宜罪詒併下達治達恚搖賢至百餘賢恐遂死不得白謬曰吾有陰事欲告公達令箯輿前前乃蔓耳達曰吾小臣何辦為此李學士草耳達大喜趣羅笞出湯沐沐賢醪肉食之持牘面訐曰李賢令揚賢中臣為袁彬地獨不畏陛下法乎上曰明于東朝堂辯之之東朝堂楊廋上以集群臣出餘肉大呼曰天

乎寃哉門指揮醪肉食我而令引李也李學士貴人吾何從見之且吾死固分柰何寃他人為也上悟趣出袁彬令分司南都餘俱置不問

無無居士曰門指揮一時熏焰尊而内閣故而袁彬皆失其尊與故甚矣人主微意不宜令奸人窺也門達以窺伺而行忌心誰敢犯其焰哉幸而揚賢出萬死以直彬枉亦揣奸人微意乃引李南陽以中之因以簧其奸一時皆大快昔輿人誦云佞之見佞喪其田詐

之見詐喪其賂余于門達亦云微之見微敗

其奸

洛

人鏡陽秋卷十四

明新都無無居士汪廷訥昌朝父編

節部

臣節類

無無居士曰大節不可奪子輿氏君子之蓋利害以貳心視則心為利害貳而節不伸古人臨此有百折不回之操主憂臣辱主辱臣死即喪元捐軀而不顧者誠視死如歸也彼純忠不節著節乃忠之不幸云其心一之矣

節部

二

環翠堂

程嬰杵臼

晉大夫屠岸賈與諸將攻趙氏於下宮殺趙朔趙同趙括滅其族朔妻成公子有遺腹走公宮匿朔客公孫杵臼謂朔友人程嬰曰胡不死嬰曰朔之婦有遺腹若生男吾奉之即女也吾徐死耳朔婦生男屠岸賈聞之索於宮中夫人置兒袴中祝曰趙宗滅乎若號即不滅若無聲及索兒竟無聲已脫嬰謂杵臼曰後且復索柰何杵臼曰立孤與死孰難嬰曰死易立孤難耳杵

臼曰子強為其難者吾為其易者二人謀取他
人嬰兒匿山中嬰出謬謂諸將曰誰與我千金
吾告趙孤處諸將喜發兵隨嬰遂殺杵臼與孤
兒然趙氏真孤乃在嬰處卒與俱匿山中居十
五年景公疾卜云大業之後不遂者為祟景公
問韓厥知趙孤在於是因厥之衆以脅諸將而
見趙孤孤名曰武諸將遂反與攻屠岸賈滅其
族復與趙武田邑武冠成人嬰辭諸大夫謂武
曰下宮之難我非不能死我思立趙氏後今趙

武既立我將下報趙宣孟與公孫杵臼遂自殺
無無居士曰余讀趙孤傳而嘆杵臼程嬰為
節俠云夫桃園之事誠所當討然當時不舉
至再世何辜諸將不過舉為首難以叢憤其
私云爾嗚呼景公夢大厲而不食新岸賈因
滅族而不終逞果天鑒成季宣孟之忠勳而
保其天祿耶趙終分晉而代之則二節者天
之意也

豫讓

趙襄子殺智伯漆其頭以為飲器智伯之臣豫讓欲為報讐乃詐為刑人挾匕首入襄子宮中塗廁左右欲殺之襄子曰彼義人也吾謹避之耳讓又漆身為癘吞炭為啞其妻不識其友識之曰子委質而臣事襄子乃為所欲為顧不易耶讓曰既已委質臣事人而求殺之是懷二心也吾所以為此者將以愧天下後世之為人臣而懷二心以事其君者也襄子出讓伏于橋下

襄子馬驚索之得讓數之曰子不嘗事范中行氏乎智伯盡滅之而子不爲報讐智伯死矣而獨何以爲之報讐之深也讓曰范中行氏衆人遇我我故衆人報之智伯國士遇我我故國士報之襄子曰子自爲計讓請襄子之衣而擊之以致其意襄子許之讓拔劍三擊曰吾可以下報智伯矣遂伏劍死

無無居士曰豫讓誠節士謂之忠則未也夫以智伯之狠愎其過舉良多日夜拾其短而

匡正者惟有絺疵爾國士之報宜與左提右挈庶幾無道不至於滅亡也豫讓移後之死以死于斯豈不矯矯精忠哉惜乎其死也後余不能無遺恨云

人鏡陽秋卷十四

鄭部

人鏡陽秋　卷十四

八

環翠堂

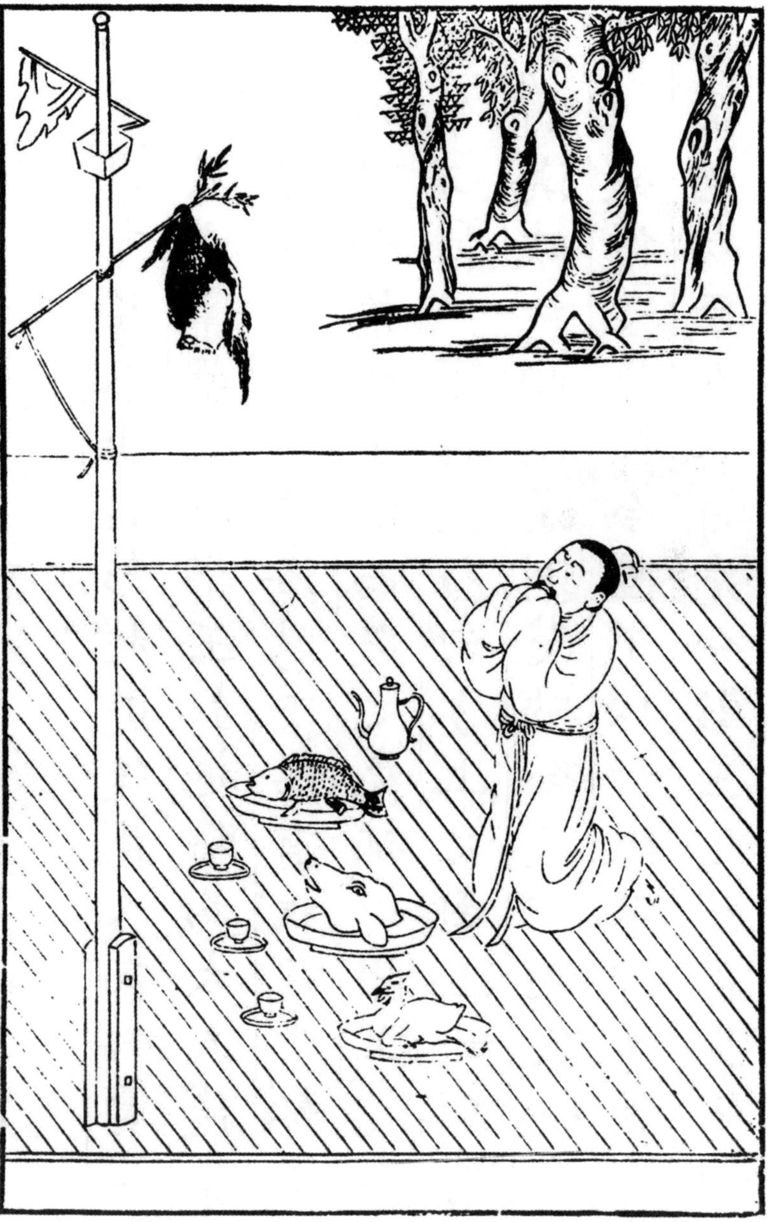

欒布

西漢欒布梁人少與彭越遊後為人所略賣為奴於燕漢擊燕擄布梁王彭越贖為大夫後高祖誅越夷三族梟首洛陽下詔有收視者輒捕之時布獨於頭下祠而哭之吏捕以聞上趣烹之布曰愿一言而死乃曰方上之困王一顧為楚則漢破一顧為漢則楚破今天下已定剖符受封欲傳之子孫今陛下以一徵不行遂誅滅之臣恐功臣人人自危今彭王已死臣生不如

死請就烹上乃義之釋布拜都尉孝文時為燕
相
無無居士曰欒布哭彭越史遷以節士許之
謂視死如歸誠知所處也然哭而死之乃慷
慨易易爾至陳彭王之勳而白其衷款幽憤
獲伸者難矣噫知彭王之寃即知淮陰之枉
睹欒布之節即知蒯通之倖高祖兩釋之而
高后兩誅之有故夫

節部一　人鏡陽秋卷之一　十一　環翠堂

温序

後漢温序字次房太原祁人也仕州從事騎都尉弓里戍将兵平定北州見序奇之上疏薦焉於是徵為侍御史後遷護羌校尉序行部至襄武為隗囂别将苟宇所拘劫宇謂序曰子若與我并威同力天下可圖也序曰受國重任分當效死義不貪生苟背恩德宇等復曉譬之序素有氣力大怒叱宇等曰虜何敢迫脅漢将因以節撾殺數人賊衆爭欲殺之宇止之曰此義士

死節可賜以劒序受劒銜鬚于口顧左右曰既為賊所迫殺無令鬚汙土遂伏劒而死序主簿韓導從事王忠持屍歸斂光武聞而憐之命忠送喪到洛陽賜城傍為冢地除三子為郎中長子壽服竟夢序告之曰久客思鄉里壽即棄官上書乞骸骨歸葬帝許之乃反舊塋焉

無無居士曰白水真人應符登極幺魔閹干天位若囂若述者綦布隴蜀艦習昆明丸封函谷豈識中興承漢家之正統哉温序義不

負恩枎節而死銜鬚在口恐汙隴右之泥見夢思鄉欲迈洛西之襯光皇嘉之其培東京之節槩者深哉

張悌

吳張悌字巨先襄陽人晉兵伐吳吳張巨先督沈瑩諸葛靚諸人逆之牛渚吳軍大敗諸葛靚退走過迎巨先巨先不肯去靚自往牽之曰天下存亡自有大數豈鄉一人所知何故自取死辱巨先垂涕曰仲思今日是我死日也我作兒童時便為鄉家丞相所拔常恐不得其死負名賢知顧今以身徇社稷復何遁耶莫牽曳之如是靚流涕放之去數百步見巨先為晉軍所殺

無無居士曰紫髯郎撫有東吳傳世至皓盈極而侈王氣已盡巨先以名義故從而死焉死無愧也嗚呼鐵鎖沉江降旗出廓吳宮故苑幽徑荒苔與沉沙折戟東風檣櫓俱付於烟飛灰燼之餘矣一世之雄也今安在哉

完顏陳和尚

宋理宗紹定五年蒙古拖雷攻金鈞州城破金將完顏陳和尚避隱處竢殺掠稍定乃出自言我金國大將欲見白事蒙古兵以數騎夾之詣拖雷問其姓名曰我忠孝軍總領陳和尚也大昌原衛州倒回谷之勝皆我也我死亂軍中人將謂我負國家今日明白死天下必有知我者蒙古兵欲其降不肯乃斫足折之劃口吻至耳噀血而呼至死不屈蒙古有義之者以馬湩酹

而祝曰好男子他日再生當令我得之
無無居士曰陳和尚之死固為好男子然不
徒一死稱節也其勇敢善戰摧蒙古之飈鋒
者屢矣蒙古欲得而甘心焉已久其殺之固
為快忿其祝之乃見慕私而蒙古之豕心不
奄有南服不已噫鄰之寒宋之恐也方且以
金亡告廟何哉

卷十四終

人鏡陽秋卷十五

明新都無無居士汪廷訥昌朝父編

節部

子節類

無無居士曰天下有難處之事終不獲免於清議者吾悲其心焉而更爲度勢也夫心然之而勢不然則勢不足以從心斯節著勢違之而心不違則心不足以撓勢斯節著所謂君前臣名不得以狥父者是不子之節悲夫

人鏡陽秋卷十五

節部

人鏡陽秋卷十五

二

環翠堂

申鳴

楚有士曰申鳴治園以養父母孝聞於楚王召之申鳴辭不往其父曰王欲用汝何謂辭之申鳴曰何舍為子乃為臣乎其父曰使汝有祿於國有位於廷汝樂而死不憂矣我欲汝之仕也申鳴曰諾遂之朝受命楚王以為左司馬其年遇白公之亂殺令尹子西司馬子期申鳴因以兵入衛白公謂石乞曰申鳴天下勇士也今將兵為之柰何石乞曰吾聞申鳴孝也劫其父以

兵使人謂申鳴曰子與我則與子楚國不與我則殺乃父申鳴流涕而應之曰始則父之子今則君之臣已不得為孝子矣安得不為忠臣乎援桴鼓之遂殺白公其父亦死焉王歸賞之申鳴曰受君之祿避君之難非忠臣也正君之法以殺其父又非孝子也行不兩全名不兩立悲夫若此而生亦何以示天下之士哉遂自刎而死

無無居士曰天下事有難處者而特違者籌

之已熟故申鳴養父將畢其餘生無他虞即君命不往而往于父命者謂承父以從君是天之制無有二也即有不虞死生以之一旦白公劫其父從父則非其所詒而不獲稱忠從君正竟父之命乃所以為孝也猶以不獲兩全而死嗚呼難處哉

節部

四

環翠堂

一竟夢久矣一

五

環翠堂

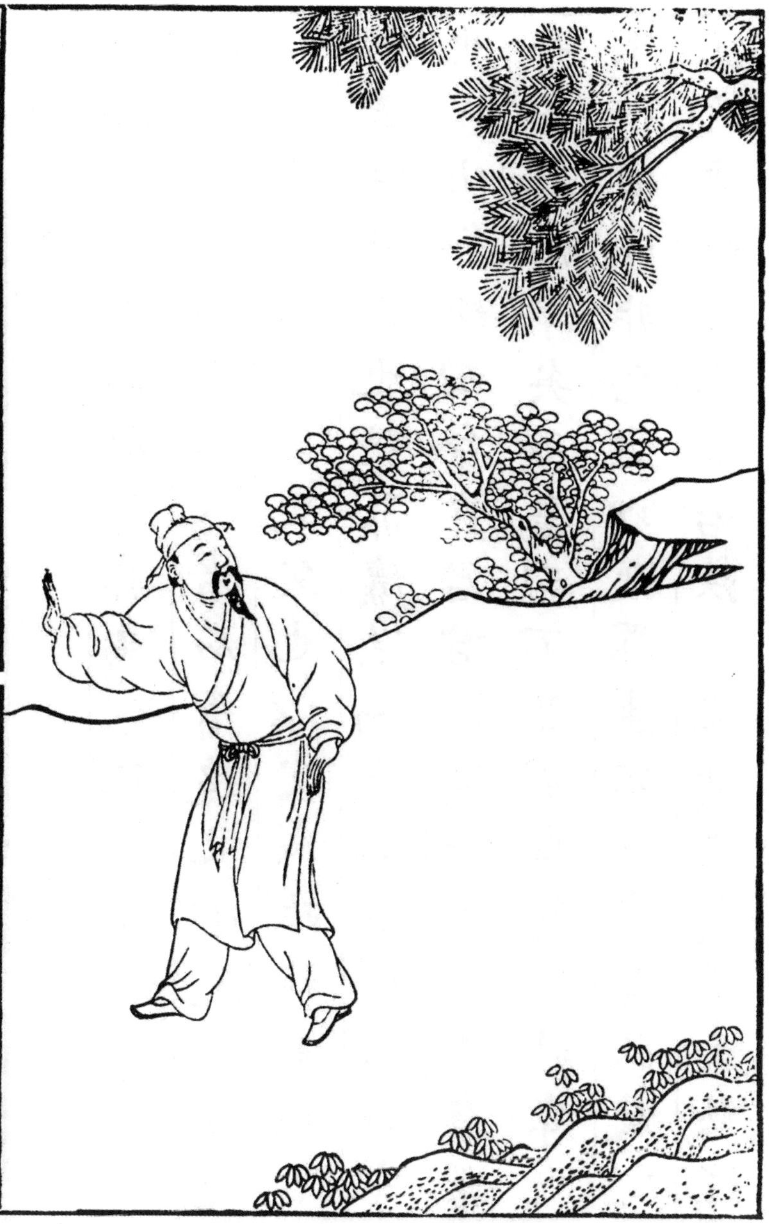

石奢

楚昭王有士曰石奢其為人也公而好直王使為理于是道有殺人者石奢追之則父也還返於廷曰殺人者臣之父也以父成政非孝也不行君法非忠也弛罪廢法而伏其辜臣之所守也遂伏斧鑕曰命在君君曰追而不及庸有罪乎子其治事矣石奢曰不然不私其父非孝也不行君法非忠也以死罪生不廉也君欲赦之上之惠也臣不能治法下之義也遂不去鈇鑕

刎頸而死乎廷君子聞之曰貞夫法哉石先生乎

無無居士曰為天子父殺人則可負而逃為人臣而值此將安逃哉石奢為理于文無害苟骫法以縱父亦君上之所不貸也直從而死之夫骫之則法廢而人將效尤死之則法存而人不敢犯由是父得生于法之外法得伸于死之餘故曰貞夫法哉義斯當矣

趙苞

漢遼西太守趙苞到官遣使迎母及妻子為賊所刼質載以擊郡苞悲號謂母曰欲以微祿奉養不圖為母作禍昔為母子今為王臣義不得顧私恩遂與賊戰母妻皆被害苞葬訖曰殺母全義非孝也歐血而死

無無居士曰陵母之死直對使也嶠母之死猶隔我也故伏劍絕裾千載流恨趙苞為君守城城之存亡係社稷之廢興否乎茍於社

稷無係則從容委曲求以全母之策豈不忠
孝兩得哉柰何遽戰雖歐血而死過矣謬哉

陸續

後漢陸續字智初會稽吳人也為君興門下掾是時楚王英謀反事覺徵興詣廷尉獄續與主簿梁宏功曹史駟勳及掾史五百餘人詣洛陽詔獄就考諸吏不堪痛楚死者大半唯續宏勳掠考五毒肌肉消爛終無異辭續母遠至京師覘候消息獄事持急無緣與續相聞母但作饋食付門卒以進之續雖見考苦毒而辭色慷慨未嘗易容唯對食悲泣不能自勝使者怪而問

其故續曰母来不得相見故泣耳使者大怒以為獄門吏卒通傳意氣各将案之續曰因食餉羨識母所自調和故知来耳非人告也使者問何以知母所作乎續曰母截肉未嘗不方斷葱以寸為度是以知之使者問諸謁舍續母果来於是因嘉之上書說續行狀帝即放興等還鄉里禁錮終身續以老病卒

無無居士曰陸智初甘五毒以明尹興之枉玆小諒爾其大節在對羨滂泣知母遠臨末

由悲慰足以動使者之嘉斯為孝感爾夫以慷慨受掠不足以直枉惟一泣羨能直之世固未有教孝而不能教忠者茲獄也續母為之調和云

石演芬李璀

唐興元元年太尉李懷光與逆臣朱泚通謀其養子石演芬告之懷光責演芬曰我以爾為子柰何負我死甘心乎演芬曰天子以太尉為股肱太尉以演芬為心腹太尉既負天子演芬安得不負太尉乎演芬胡人不能易心苟免賊名而死死甘心矣懷光殺之初懷光之解奉天圍也其子璀入見上以為監察御史及懷光屯咸陽不進璀密言於上曰臣父必負陛下願早為

之備臣聞君父一也但今日陛下未能誅臣父而臣父足以危陛下故不忍不言臣非不愛其父與家族顧力不能回耳上曰卿以何策自免對曰臣父敗則臣與之俱死更有何策及懷光誅死璀亦自殺

無無居士曰懷光不惟負天子抑亦負其子云夫演芬既父懷光矣其忠父者即所以忠君也璀既泄父反矣其全君者即所以全父也等之不幸而處人倫之變惟自靖其心而

已矣嗟夫爲二子策也者是爲懷光策也者

惜哉

卷十五終

人鏡陽秋卷十六

明新都無無居士汪廷訥昌朝父編

长乐郑振铎西谛藏书

節部

婦節類

無無居士曰婦女之節其方自殊或涉嫌疑或擯汙辱遇國難而敢於揚旌泄私讐而勇於推刃一聲河滿狥死君前九結迴腸輸生歡後等之以死爲上嗚呼白璧易璺黄金頓銷志節一立萬載不渝詎得而攖之哉

二 一 環翠堂

宋伯姬

宋伯姬魯宣公女嫁於宋恭公十年恭公卒伯姬寡至景公時伯姬常遇夜失火左右曰夫人少避火伯姬曰婦人之義保傅姆不俱夜不下堂待保傅來也保姆至矣傅姆未至也左右又曰夫人少避火伯姬曰婦人之義傅姆不至夜不下堂遂逮乎火而死

無無居士曰嗟乎伯姬之死死於傅母不至也夫伯姬既寡此其于義尤嚴嚴於義而死

斯其節完矣柰何傳母哀之云歟欽何辜遇
斯殃嗟嗟彼視為殃者伯姬視之為快也使
傳母至則其節不著嗚呼世獨一伯姬哉

人錢陵秋卷十六

四一　聚翠堂

韓凴妻

宋韓凴戰國時爲宋康王舍人妻何氏美王欲之捕舍人築青陵臺何氏作烏鵲歌以見志云南山有烏北山張羅烏自高飛羅當柰何又云烏鵲雙飛不樂鳳凰妾是庶人不樂宋王又作歌答其夫云其雨淫淫河大水深日出當心康王得書以問蘇賀賀曰雨淫淫愁且思也河水深不得往来也日當心有死志也俄而凴自殺妻乃陰腐其衣王與登臺遂自投臺下左右攬

之衣不中手遺書于帶曰王利其生不利其死願以尸骨賜憑而合葬王怒弗聽使里人埋之冢相望也宿昔有交梓木生於二冢之端旬日而大合抱屈曲體相就根交于下又有鴛鴦雌雄各一恒栖樹上交頸悲鳴宋人哀之號其木曰相思樹

無無居士曰余讀古節嫃至青陵臺而嘆其節之竒絶云彼鳳凰烏鵲不倫久矣河大水深烏鵲隔越志惟有死而已葢一臺也夫築

之而死妻忍登之乎因墜之以死酬夫即相
見於泉臺無復恨矣生為鳥鵲没為鴛鴦精
魂欝結誰能隔越之哉

節部　人鏡陽秋卷[illegible]　六 一　環翠堂

京師節女

漢京師節女長安大昌里人之妻也其夫有仇人欲殺其夫而無道徑聞其妻之仁孝有義乃刧其妻之父使要其女為中譎父呼其女告之女計念不聽之則殺父不孝聽之則殺夫不義不孝不義雖生則何以行於世欲以身當之乃且許諾曰旦日在樓中新沐東首卧則是矣妾請開戶牖待之還其家遂告其夫使卧他所因自沐居樓上東首開戶牖而卧夜半仇家果至

斷其頭持去明而視之乃其妻之頭也俠人哀痛之以為有義遂釋不殺其夫

無無居士曰天下無難處之事而昧者偏犯之雍姬為父以殺夫盧蒲姜為夫以殺父均之天理所不容懿哉京師節女一死而人間世無難事矣夫死其父死讐也難於父死其夫死讐也難於夫惟一身而死讐焉則於父為孝於夫為義是非死讐也死孝義也初何難之有余故曰事無難處彼昧者自難之也

竟陽火老二十六

九

環翠堂

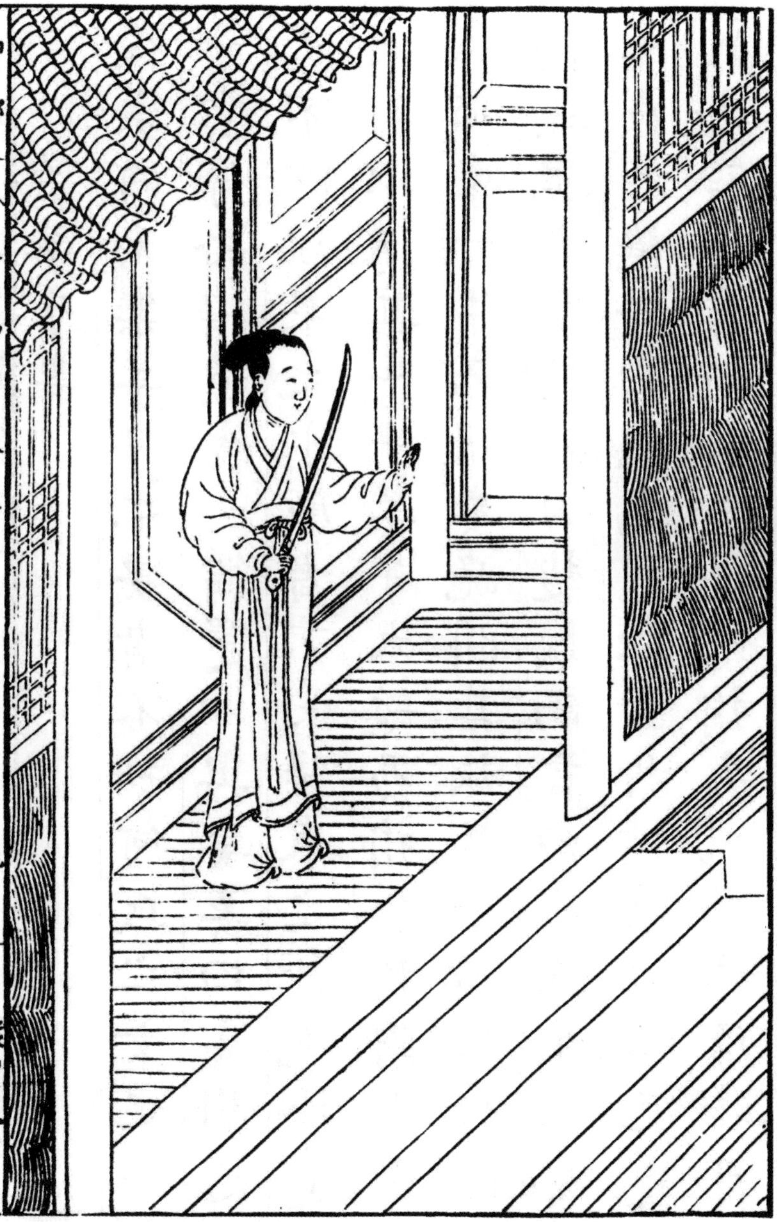

樂羊子妻

後漢河南樂羊子之妻者不知何氏之女也羊子嘗行路得遺金一餅還以與妻妻曰妾聞志士不飲盜泉之水廉者不受嗟来之食況拾遺求利以汚其行乎羊子大慙乃捐金於野而遠尋師學一年来歸妻跪問其故羊子曰久行懷思無異也妻乃引刀趨機而言曰此織生自蚕繭成於機杼一絲而累以至於寸累寸不已遂成丈匹今若斷斯織也則捐失成功稽廢時月

夫子積學當日知其所亡以就懿德若中道而歸何異斷斯織乎羊子感其言復還終業遂七年不返後盜欲有犯妻者乃先刼其姑妻聞操刀而出盜人曰釋汝刀從我者可全不從我者則殺汝姑妻仰天而嘆舉刀刎頸而死盜亦不殺其姑太守聞知即捕殺盜賊而賜妻縑帛以禮葬之號曰貞義

無無居士曰蘇季子朱買臣之取絕於妻也為之金爾後来匍匐乞憐後車命載為多金

也賢哉樂羊之妻得遺金俾捐之且斷織以勵夫學其清貞已見矣至不汚于盜而死之詎謂非冀士遺金之節哉若乞憐後車者且集鱣嚇鼠之不暇何暇蹈義以死耶

明恭王皇后

宋太宗后王諱貞風琅琊僧朗女帝嘗於宮內大集羸婦人觀之以為歡笑后以扇障面獨無所言帝怒曰外舍家寒乞今共為笑樂何獨不視后曰為樂之事其方自多豈有姑姊妹集衆而羸婦人形體以此為樂外舍之為歡適與此不同帝大怒遣后令起后兄景文以此事語從舅陳郡謝緯曰后在家為弱婦人不知今何遂能剛正如此

無無居士曰太宗晚運佞幸擅權宮闈蕩穢王皇后剛正自持甘勵寒乞之操惜也鈇鉞瘡痏搆於牀笫之曲何帝弟宗王相繼屠勦寶祚夙傾實由於茲假景文若在道成又何足虞天之傾覆人國常出于知慮之外也噫

竇氏二女

齊奉天縣竇氏二女生長草野幼有志操永泰中羣盜數千人剽掠其村落二女皆有容色長者年十九幼者年十六匿巖穴間曳出之驅迫以前臨壑谷深數百尺其姊先曰吾寧就死義不受辱即投崖下而死盜方驚駭其妹繼之自投折足破面流血群盜乃舍之而去京兆尹第五騎嘉其貞烈奏之詔旌表門閭永蠲其家丁役

無無居士曰竇氏二節古今誦之夫以村落之女初無傅母禮義之訓而能臨難若斯非天植其性者惡能如此嘗為之讚曰巖穴深邃巔以匿形耽耽健兒驅逐偕征忽臨大壑投死抱貞璘珣恠石節共峥嶸

魏溥妻

後魏魏溥妻房氏貴鄉太守房湛之女也幼有烈操年十六而溥遇疾且卒顧謂之曰死不足恨但痛母老家貧赤子蒙眇抱怨於黃壚耳房垂泣而對曰幸承先人餘訓出事君子義在偕老有志不從蓋其命也今夫人在堂弱子襁褓顧當以身少相感永深長往之恨俄而溥卒及將大斂房氏操刀割左耳投之棺中仍曰鬼神有知相期泉壤流血滂然助喪者哀懼姑劉氏

輟哭而謂曰新婦何至於此對曰新婦年少不幸早寡寔慮父母未量至情覬持此自誓耳聞知者莫不感愴

無無居士曰余讀高閭頌德碑曰爰及處士遘疾夙凋伉儷秉志識茂行高嗟夫溥妻如是其孫悅以太守顯天之報施善人為不誣矣然房氏割耳投棺時豈知其後之貴顯哉婦道當自盡爾乃至歸寧猶遜父兄異議其終始一節天固鑒之矣

人鏡陽秋卷十六

竟陽火炱十六

十八

環翠堂

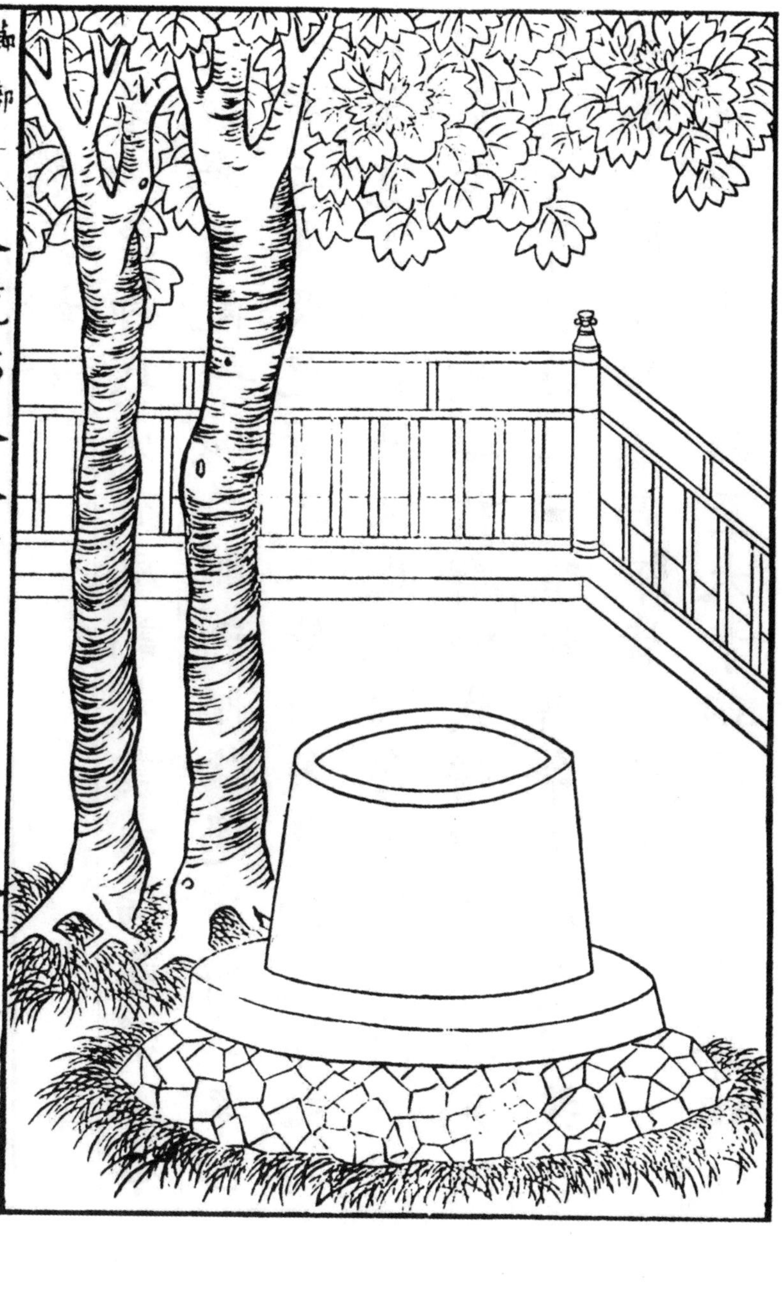

裴氏婦女

隋裴倫妻柳氏少有風訓大業末倫為渭源令屬薛舉之亂縣城為賊所陷倫遇害柳氏年四十有二女及兒婦三人皆有美色柳氏謂之曰我輩遭逢禍亂汝父已死自念不能全汝我門風有素義不受辱於群賊我將與汝等同死何如其女等皆垂泣曰唯母所命柳氏遂自投於井其女及婦相繼而下皆死于井中

無無居士曰時至大業朝廷選色徵聲錦帆

遥泛麗箞時開玉軒添晴照之花靈槎壓寒光之月溪艷之風靡矣薛舉唱亂裴倫陷亡其妻若女若媳並死井中是于風靡之時而能心浸玉淵節寒金井有如此宜其照映青史萬古欣髙節歟

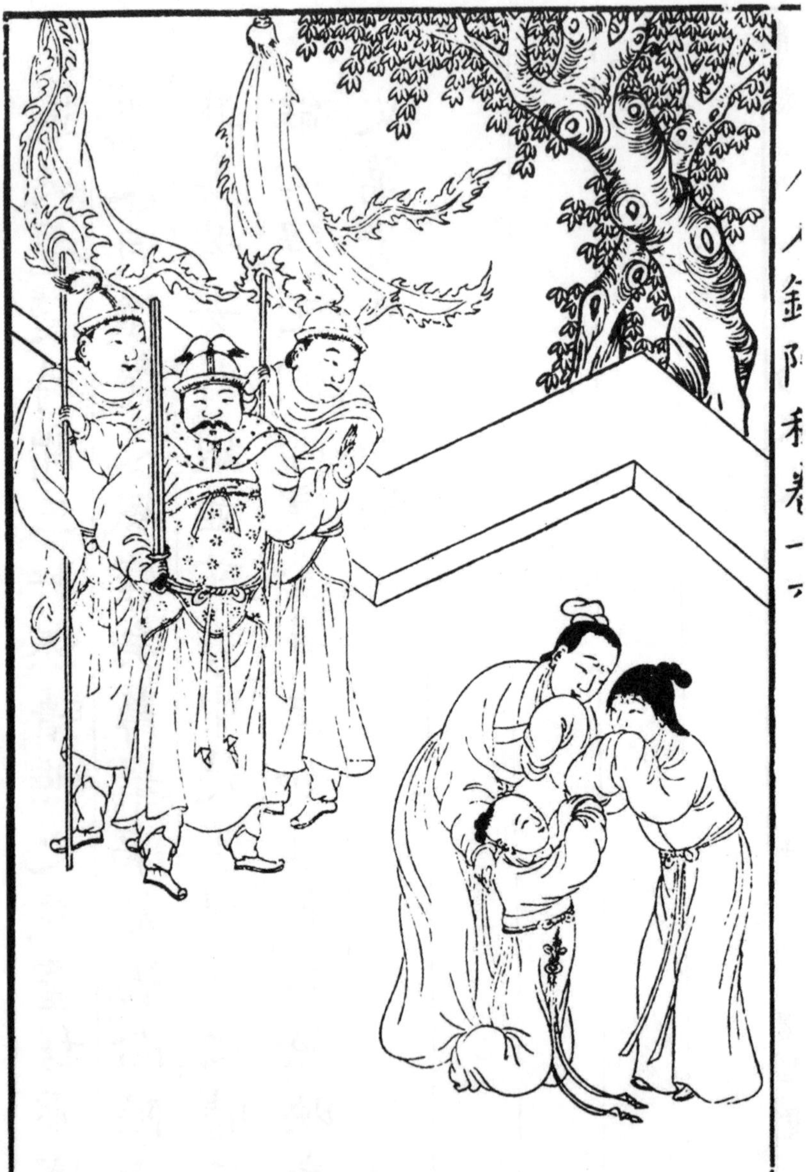

高愍女

唐愍女姓高妹妹名也生七歲當建中二年父彥昭以濮陽歸天子前此李納質妹妹與其母兄而使彥昭守濮陽及彥昭以城歸妹妹與其母兄皆死其母李氏也將死憐妹妹之幼無辜請獨免其死而以為婢于官皆許之妹妹不欲曰生而受辱不如死母兄且皆不免何獨生為其母與兄將被刑咸拜於四方妹妹獨曰我家為忠宗黨誅夷四方神祇尚何知問其父所在

之方西嚮哭再拜遂就死明年太常謚之曰愍無無居士曰李習之稱愍女之行天下為父母者欲子有之為夫者欲妻有之為婦人女子者欲躬有之其慕之者至矣緣河北狃於藩鎮士人游旌接轂其中者皆喪其恥而不顧習之蓋醜之故豔愍女以抑若人爾雖然愍女之行自高天下

節部

人鏡陽秋卷二十六

二十二

環翠堂

楊烈婦

唐建中四年李希烈陷汴州既又將盜陳州分其兵數千人抵項城縣蓋將掠其玉帛俘纍其男女以會于陳州縣令李侃不知所為其妻楊氏曰君縣令寇至當守力不足死焉職也君如逃則誰守侃曰兵與財皆無將若何楊氏曰如不守縣為賊所得矣倉廩皆其積也府庫皆其財也百姓皆其戰士也國家何有奪賊之財而食其食重賞以令死士其必濟於是召胥吏百

姓于庭揚氏言曰縣令誠主也雖然歲滿則罷去非若吏人百姓然吏人百姓邑人也墳墓存焉宜相與致死以守其邑忍失其身而為賊之人耶衆皆泣許之乃狥曰以瓦石中賊者與之千錢以刀矢兵刃之物中賊者與之萬錢得數百人侃率之以乘城揚氏親為之爨以食之無長少必周而均使侃與賊言曰項城父老義不為賊矣皆悉力守死得吾城不足以威不如亟去徙失利無益也賊皆笑有蜚箭集於侃之手

侃傷而歸楊氏責之曰君不在則人誰肯固矣與其死于城上不猶愈于家乎侃遂忍之復登陴項城小邑也無長戟勁弩高城深溝之固賊氣吞焉率其徒將趋城而下有以弱弓射賊者中其帥墜馬死其帥希烈之壻也賊失勢遂相與散走項城之人無傷焉刺史上侃之功詔遷絳州太平縣令楊氏至茲猶存

無無居士曰曹大家有云生男如狼猶恐其尫生女如鼠猶恐其虎信斯言也余殆有疑

於李俶夫婦云彼李俶丈夫也寇至而罔知
所措于狼奚有妻楊氏非女子乎始而以利
鼓其民繼而以義激其夫卒也殲渠魁而崩
群醜焉城全而令名以垂惡得以鼠目之所
謂女中丈夫者非歟殆虺而虎虎而虺者歟

王凝妻

五代青齊間人王凝為虢州司戸參軍卒于官妻李氏負骸以歸東過開封止於旅舍主人不許其宿李顧天已暮不肯去主人牽其臂出之李氏仰天慟曰我為婦人不能守節而此手為人執耶不可以一手并污吾身即引斧自斷其臂見者為之嗟泣開封尹聞之白於朝官為賜藥封瘡厚恤李氏而笞其主人

無無居士曰王凝妻之斷臂彼誠知婦人大

以失節辱次以汚身辱二者相承未有汚身而不失節者也故一臂遺辱則斷之冀以完吾節爾充斯志也即毀身以死奚難第夫骸旅寓孰逈鄉魂哉故隱忍為此嗟乎彼誠知所裁者賢以夫

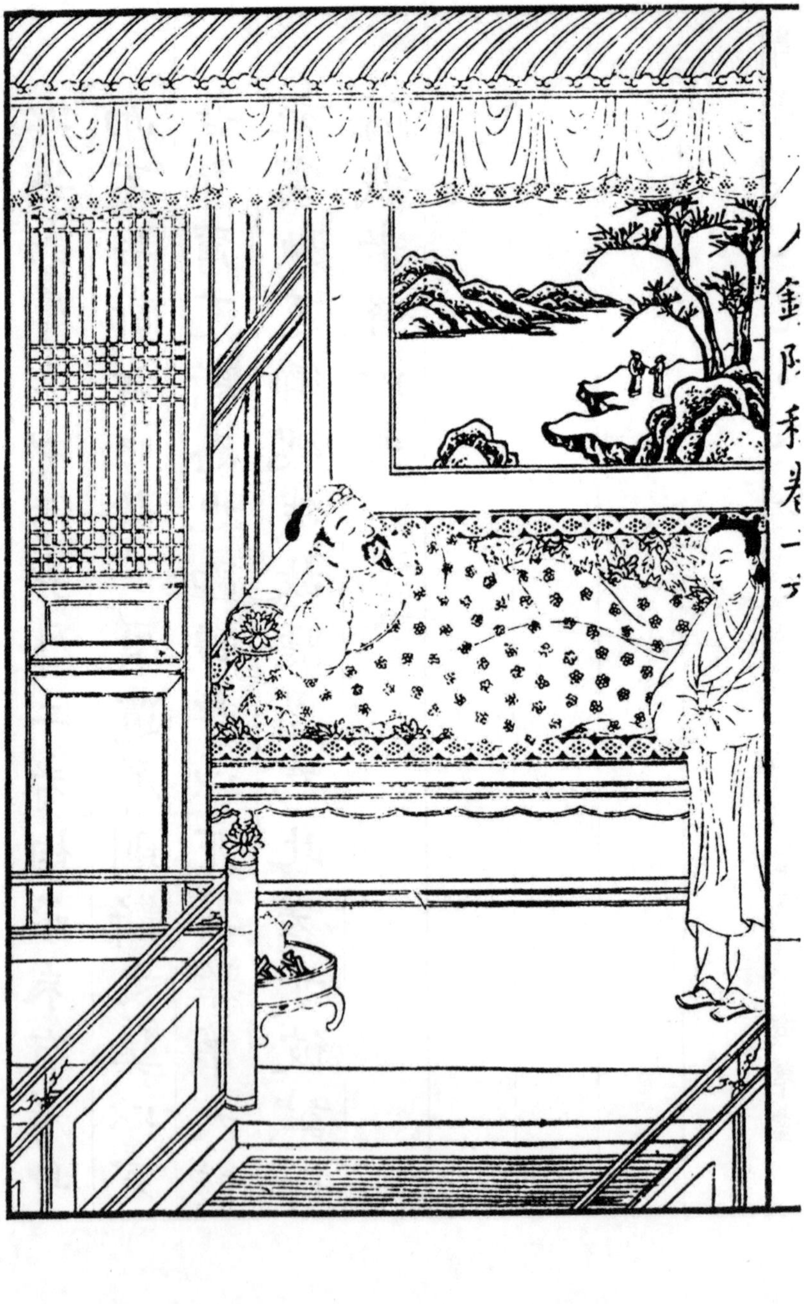

任氏二女

宋任夢臣任西川路提點刑獄以廉節稱卧病不起家徒四壁二女賢甚趙清獻公守成都率僚屬以俸助之二女辭不受曰豈敢以此汙先君清德趙倅成伯篤意勉之遂納於公宇之東廡既行以元物榜於門壁付之守吏無毫髮損二女潔廉如此又文筆議論皆士人所不逮後清獻以子姓妻之

無無居士曰志行清貞者不惟潔已亦可以

勵俗賢哉任氏二女勞苦諸僚賻遺不受所
以彰先君之清德者良多殆鸞翼凰姿世之
嘉偶舉而配之貪汙者遠此清獻公爲擇壻
之亟也歟

章瑜妻

宋傅氏紹興諸暨人年十八適同里章瑜瑜為苛吏脅軍興期會迫死道上訃至傅氏蒲伏抱屍歸號泣三日夜不忍入襯屍有腐氣猶依屍呵琀冀甦既入棺至齧其棺成穴及葬挽其身壙中母強挽以出制未百日母欲欲志語聞遂大慟連日不食母囑侍婢謹視之閱數日紿婢吾當浴若輩理沐具俟予既而失所在明日婢汲井見二足倒植井中乃傅氏也

無無居士曰哀哉傅氏之情迫切傷痛若此其酷也始則抱屍不忍入櫬至腐矣猶口呵之冀甦入櫬矣即噏棺入穴矣猶身挨之偕死其鍾情流痛即嘔血斷腸無以踰之傷心哉隻影孤燈彼殆不屑焉直狗之以死而後已孰云世降德薄而節烈希覯云

王貞婦

宋王貞婦夫家臨海人也德祐二年冬元兵入浙東貞婦與其舅姑夫皆被執既而舅姑與夫皆死主將見婦皙美欲內之婦號慟欲自殺為奪挽不得死夜令俘囚婦人雜守之婦乃陽謂主將曰若以吾為妻妾者欲令終身善事主君也吾舅姑與夫死而我不為之衰是不天也不天之人若將焉用之願請為服期即惟命茍不聽我我終死耳不能為若妻也主將誠恐其死

許之然防守益嚴明年春師還挈行至嵊縣青楓嶺下臨絕壑婦侍守者少懈囓指出血書詩於山石上南望慟哭自投崖下而死後其血皆漬入石間盡化為石天且陰雨即墳起如始書時元至治中旌為貞婦郡守立石祠嶺上易名曰清風嶺

無無居士曰萇弘之死血化為碧斛律光之死血痕不泯其精誠所感類如此異哉王貞婦不得死則詭詞以免之得死則哀詞以志

之血字淋漓悉化為石精誠所感不減前人

又如此宜清風之名振萬古以孤高云

鄭郭

人鏡陽秋卷十六

三十四

環翠堂

譚氏婦

宋譚氏婦趙吉州永新人宋末江南郡縣皆附元永新復嬰城自守元兵破城趙氏同嬰兒隨其舅姑同匿鄉校中為悍卒所獲殺其舅姑執趙欲汙之不可臨之以刃曰從我則生不從即死趙罵曰吾舅死于汝吾姑又死于汝吾與不義而生寧從吾舅姑以死耳遂與嬰兒同遇害血漬禮殿兩楹之間入輒為婦人與嬰兒狀久而宛然如新或訐之磨以沙石不滅又鍛以熾

炭其狀益顯

無無居士曰余讀改齋漫録紀小常村婦人死於賊屍痕籍土不滅固異之至讀譚氏婦屍跡隱輾亦不滅並磨洗愈熖豈精誠欝結露是奇以勵承風附響之為耶不然死節者夥矣何獨二氏影存哉又順昌軍負范旺事亦同特死忠死節不同耳嗚呼奇哉茲並見之以勵世云

節部

人鏡陽秋卷十六

三十六

環翠堂

汪淑正

元汪氏名淑正休寧人教授汪薌之女秀穎喜讀書嫁本縣永盈倉副使程忠甫年二十九而忠甫卒二子覲峴並幼有監郡者托媒媼探其意汪氏捽媼首撾其面爪血淋漓且大罵曰監郡風化之首而為此等事何面目見吏民乎守節不二事姑教子卒年七十五

無無居士曰余上下古今探奇摘隱取峻節登之如五岳崢嶸四瀆浩渺矣若近而遺金

麗水置辟崑岡其何以樹桑梓之幟耶特於
程忠甫妻一揚摧焉其節也慈孝兼該觀其
詈曰監郡風化之首非得於讀書多者能有
是語抵今覽之猶覺其怨語哀音之在耳也

節部二　人鏡陽秋卷[illegible]
三十八
環翠堂

熊烈女

國朝烈女熊氏小字仙大麻城人許適邑人劉康十一歲聞舅訃持喪三年隆慶壬申冬會康得疾女聞之慟默計股可藥病刲左股片肉欲遺康幼弟誤棄之女復刲寸許遺康食之疾稍愈逾月餘復作女知不起泣求如劉視藥竟不從康死訃聞伏地哭幾絕頓少甦嘆曰吾事定矣是日即不飲食求死母勸解之有勸以改聘者女曰吾已割股食劉又向他人割股乎明日

母又持湯水飲之女紿母曰茲欲活我須伴我往劉送殯我誓守孀姑以謝劉我且無死母信之即日偕往入則把姑大慟伏靈几幾絶次早葬喪女送至墓所觸棺仆灰壙中吞灰塊求死親黨强起之母與姑謹護以輿還次日與姑訣仍謂父母曰我死當勿易我縞衣及我襪屨葬則同死者壙勿間以塊是夜半私縊守者覺解之至曉紿姑曰勸我守當立嗣姑喜許諾請尊長立劵付女女佯起跪拜徐謂姑曰吾困甚求

靜臥暫息姑從之女入室閉門遂撲撞大震急破門視之見倚壁卓立如生撫之則氣絕矣死年甫十八

無無居士曰熊氏女信烈節哉以身酬夫矣股一刲不已且至再未歸難能也奔喪不已且臨穴未同難能也夫未歸而求歸未同而求同竟捐其生以同穴焉嗚呼此其割股之時固以身殉其夫矣是其所殉者皆狥人之所難然彼之自視又何難之有

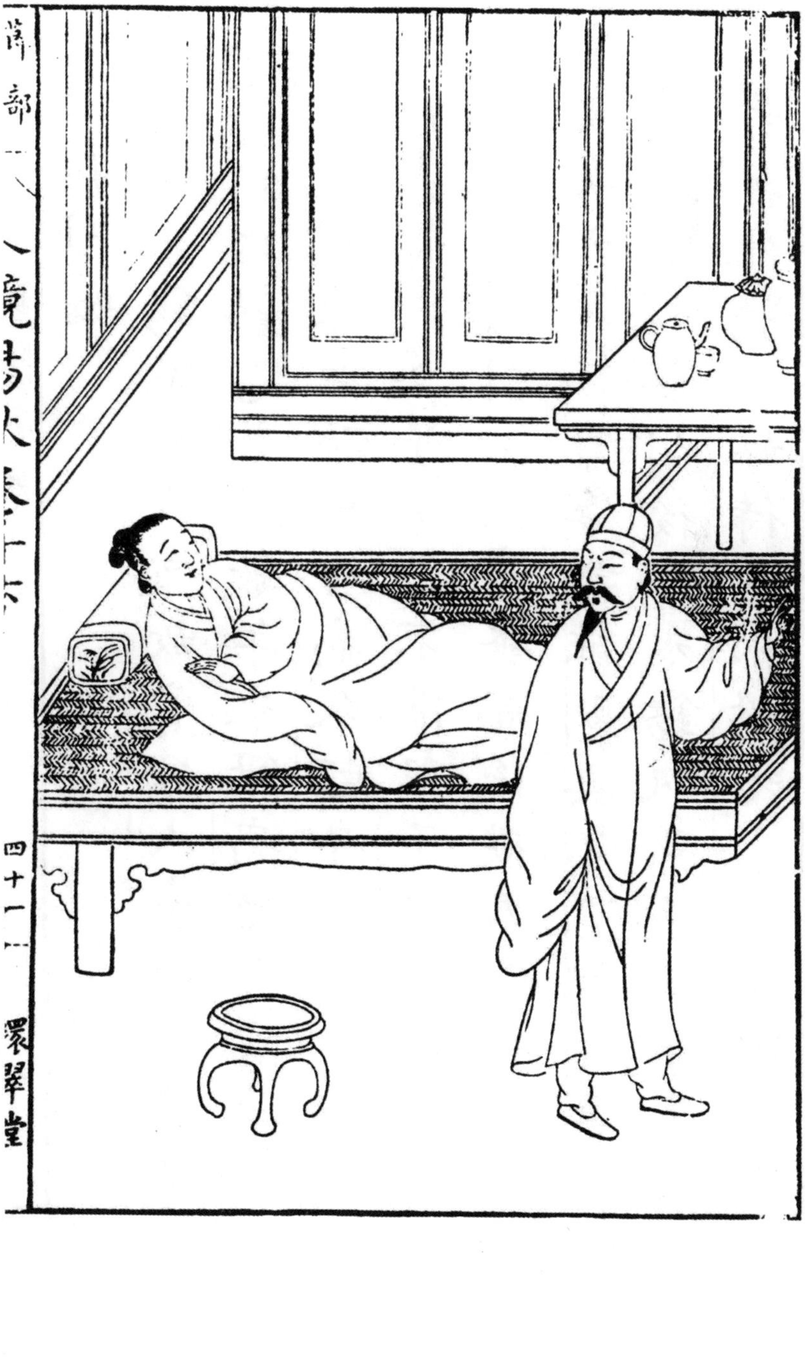
聚翠堂

孫烈婦

皇明汪永錫歙縣人家故貧傭人賣餅為業娶休寧孫氏顧甚莊居數年永錫病瘵及病革永錫蒲伏據床語孫曰吾病久賴子以迄于今願天授嘉耦以答子勞吾不能報子矣孫痛哭曰君即不諱竊計必大事畢而後從君嗟乎君言貳妾矣九原不察寧詎能明其不貳耶妾寧蚤决以信君心無問後事永錫執孫手曰子言及此我無他媵子姑待我永錫兄永祥無賴人也

宣言曰彼何能死即病者死必嫁之孫遂飲藥
先永錫十日死蓋已丑冬十月上旬云
無無居士曰此汪司馬叙七烈之一以勵余
宗也夫宗有烈節而不揚責在秉筆者此叙
者之意惟載宗祏而不彰之人人即揚矣猶
未大也余嘉宗人以節見曰此女之司直足
以風天下故附而更表之

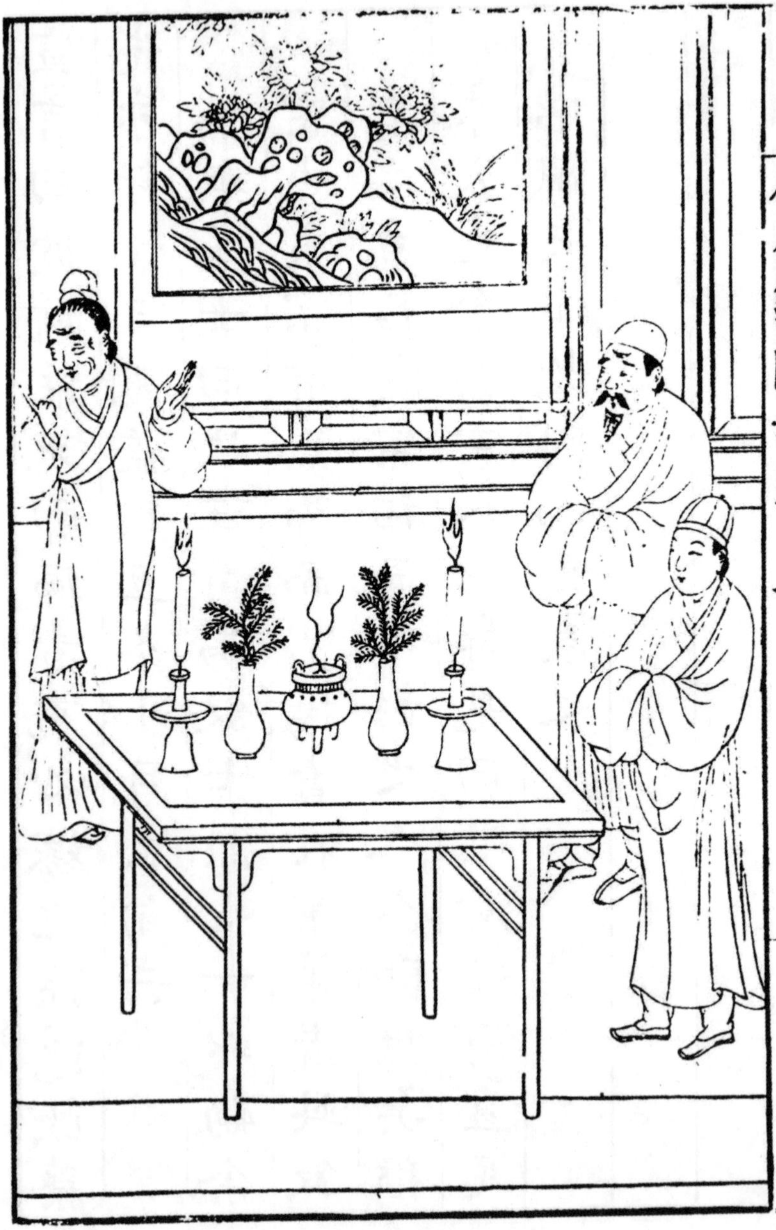

莊八兒

皇明莊八兒黄州富口人莊寧女寧父祖三世爲莊家奴遂冒莊姓八兒年十六嫁劉學良學良亦人奴子越一年病卒葬舍傍八兒執喪甚哀日舉案進食哭奠于墓屢絶復甦久之爲舅姑所厭欲嫁之八兒以死拒又數月有少年傭耕者見八兒悦之求爲贅壻其舅姑業已納聘而使八兒母從臾之八兒自度不能抗佯許焉傭遂爲期以請至期八兒與其姒方晨舂私謂

姒曰明日不相春矣姒不解其意少選又與姒易簪曰他日見簪毋相忘也姒益疑之至暮忽改新粧出拜舅姑舅姑不知其訣也以為將受壻而喜之須臾入室自經死

無無居士曰隆平久天地間氣不獨屬名家亦且屬婢子余讀甗甀集而美莊八兒之節即記載所録何以加焉緣八兒初意以生殉節爾舅姑易之不虞家有婦節也父母易之不虞家有女節也妯娌易之不虞家有姒節

也至新粧出拜即贅壻亦易之不虞其死故
夫也詎謂尋常百姓家而有王謝之燕頡頏
耶特表之以愧行不若婢子者

寶劍火長二二

人鏡陽秋卷十六

汪氏婦

皇明休寧汪仕齊妻程氏性慈而慧御人以和善書筭知大體佐仕齊以賈起家年二十餘未舉子進左氏姬生子文訓廷訥程撫之如已子二子亦敦倫盡孝不自知為左出也既而復念仕齊歲客久於于湖置姬范氏生二女范亦克承程志守正善調度時仕齊喜怒而加諸從事無不當仕齊意以故甚任之即二子往亦視之如程也萬曆丁酉春忽仕齊病范侍湯藥不交

睫者三閱月劇謂范曰我死柰若何范泣數行下曰妾不難下驅螻螘願叩天減筭以延君壽庶齊修短同歸爾則日夜虔禱乃潛刲股以進病遂痊仕齊覺而德之已歸海陽復之于湖也疾更大作迭進醫藥不效范泣請若一旦不諱願扶櫬歸謁主人媪以終吾志仕齊曰若今欲歸死不得夫是二女誰之二女也且吾業由于湖起吾魂其遂迈耶汪尋卒柩歸海陽左呼天長泣頓絶復甦程曰以仕齊生平風調余與若

均為內人母行哭失聲為夫子累范守汪命尚
寓于湖而左矢志從地下卧床絶食二子泣勸
左亦泣曰吾已念之無牽挂者我也意决矣竟
死之而程因念夫子新喪左又隨之煢煢二孤
家政将誰委哉至今猶主家道云
無無居士曰余嫡母尚矣生母舍身以從吾
父此令人所難薦紳騷客多有詠云庶母范
氏亦且割股以奉盟心不貳夫以盼盼端居
燕子樓比見樂天詩乃曰舍人不解人心事

訏道重泉不去隨尚知所自處噫范母今日哦燕子樓詩矣不肖惟送往事居以承三母節云

卷十六終